Petits Classiques
LAROUSSE

Collection fondée par Félix Guirand,
Agrégé des Lettres

Sindbad le marin

et autres contes des Mille et Une Nuits

Édition présentée,
annotée et commentée
par Florence CHAPIRO,
ancienne élève de l'École normale supérieure,
agrégée de lettres modernes

© Éditions Larousse 2007
ISBN : 978-2-03-583428-7

SOMMAIRE

Avant d'aborder l'œuvre

- 6 Fiche d'identité de l'œuvre
- 7 Pour ou contre *Les Mille et Une Nuits* ?
- 8 Repères chronologiques
- 10 Pour mieux lire l'œuvre

Sindbad le marin et autres contes
Anonyme

- 18 Histoire du pêcheur
- 30 Histoire du roi grec et du médecin Douban
- 39 Histoire du mari et du perroquet
- 44 Histoire du vizir puni
- 66 Histoire de Sindbad le marin
- 71 Premier voyage de Sindbad le marin
- 80 Deuxième voyage de Sindbad le marin
- 90 Troisième voyage de Sindbad le marin
- 102 Quatrième voyage de Sindbad le marin
- 117 Cinquième voyage de Sindbad le marin
- 125 Sixième voyage de Sindbad le marin
- 137 Septième et dernier voyage de Sindbad le marin

149 Avez-vous bien lu ?

Pour approfondir

- 158 Thèmes et prolongements
- 166 Textes et images
- 180 Langue et langages
- 186 Outils de lecture
- 188 Bibliographie et filmographie

AVANT D'ABORDER L'ŒUVRE

Fiche d'identité de l'œuvre

Les Mille et Une Nuits

Auteurs : œuvre anonyme.

Genre : contes orientaux puisant dans le registre merveilleux, la fable, le roman de chevalerie ou encore le récit de voyage.

Forme : contes qui s'insèrent dans un récit-cadre, l'histoire de Schéhérazade et du roi Schahriar, qui les introduit.

Structure : histoires et voyages, petits récits qui s'emboîtent et dont ce volume est une sélection.

Principaux personnages : le roi Schahriar, Schéhérazade, sa jeune épouse promise à une mort imminente, Dinarzade, la sœur de Schéhérazade. Toutes deux sont les filles du vizir du roi. Dans les contes enchâssés : le calife Haroun al-Rachid, son vizir Jaafar, le pêcheur et le génie, Ali Baba, Sindbad le marin.

Sujet : le tout-puissant roi Schahriar, découvrant l'infidélité de sa femme, la tua et décida de se venger d'elle sur toutes les femmes de son royaume. Chaque jour, il en épousait une nouvelle et la faisait exécuter le lendemain de la nuit de noces. Le grand vizir fut chargé de trouver les jeunes filles servant de victimes pour satisfaire la passion tyrannique du roi. Contre toute attente, sa propre fille Schéhérazade se propose et devient l'épouse du roi. Mais, lors de la nuit de noces, elle entreprend de raconter au roi des récits merveilleux, jamais achevés puisqu'ils appellent toujours un nouveau conte, et qui tiennent le roi en haleine. Au lever du jour, au moment même où le bourreau devrait l'exécuter, Schéhérazade interrompt son récit attisant la curiosité du roi, qui l'invite à poursuivre la nuit suivante. Lors de la mille et unième nuit, sorte de seuil symbolique, l'apprentissage du roi est comme concrétisé, puisque sa haine pour les femmes et son désir de vengeance ont disparu. Sa jeune et malicieuse épouse a réussi à lui faire préférer l'amour à la vengeance. Ainsi, elle devient reine du royaume. Les deux figures de Schéhérazade et du roi incarnent deux visions antagonistes du pouvoir et du bonheur.

… Avant d'aborder l'œuvre

Pour ou contre Les Mille et Une Nuits ?

Pour :

Antoine Galland :
« Les Contes qu'il contient vous seront sans doute beaucoup plus agréables que ceux que vous avez déjà vus. Ils vous seront nouveaux, et vous les trouverez en plus grand nombre ; vous y remarquerez avec plaisir le dessein ingénieux de l'Auteur Arabe, qui n'est pas connu, de faire un corps si ample de narrations de son pays, fabuleuses à la vérité, mais agréables et divertissantes. »
Épître dédicatoire à la marquise d'O.

Stendhal :
« Je voudrais n'avoir jamais lu ces contes arabes pour avoir la volupté de les découvrir. »

Gaston Picard :
« Au demeurant, la poésie ne baigne-t-elle pas toutes les pages des contes arabes avec ou sans vers ? »
Préface des Mille et Une Nuits.

Contre :

Étienne Blochet :
« Ces contes n'apportent rien de neuf à la connaissance des mœurs musulmanes. »
« [ces contes] montrent l'homme en proie à ces instincts les plus vils qui sont les mêmes sous toutes les latitudes. »
Article paru dans une encyclopédie de 1900.

Repères chronologiques

Les Mille et Une Nuits

Vᵉ siècle après J.-C.
Naissance probable en Inde.

VIᵉ siècle après J.-C.
Apparition des *Mille Contes* en Perse.

VIIIᵉ siècle
Traduction, enregistrement et compilation des contes en arabe à Bagdad.

Vers 850
Composition de la *Relation de la Chine et de l'Inde*.

Xᵉ siècle
Première mention des *Mille et Une Nuits*.

XIᵉ-XIVᵉ siècles
Enrichissement des contes au Caire.

XIVᵉ-XVIIᵉ siècles
Les Mille et Une Nuits tombent dans l'oubli.

1704-1717
Publication de la traduction française des *Mille et Une Nuits* par Antoine Galland.

1814
Première version imprimée en arabe des *Mille et Une Nuits* à Calcutta.

1835
Première édition imprimée au Caire.

1899-1904
Nouvelle traduction en français par J.-C. Mardrus.

1974
Les Mille et Une Nuits, film de Pier Paolo Pasolini.

Orient et monde arabe

Vᵉ siècle après J.-C.
La Mecque devient centre de pèlerinage.

224-637
L'Empire sassanide domine la Perse, l'Iraq et une partie de la péninsule arabique.

570-632
Muhammad, prophète de l'islam.

749
Fondation du califat abbasside.

786-809
Règne du calife Haroun al-Rachid.

IXᵉ siècle
Essor du commerce maritime entre l'Iraq, l'Inde et la Chine. Développement du port de Bassora au nord du golfe Persique.

Xᵉ siècle
Les califes sont dépouillés de la réalité de leur pouvoir par de puissants vizirs.

969
Fondation du Caire par la dynastie fatimide.

1169
Saladin met fin au califat fatimide du Caire.

1258
Prise de Bagdad par les Mongols et fin du califat abbasside.

1260-1517
Les Mamelouks dominent l'Égypte et la Syrie.

Repères chronologiques

Orient et monde arabe	Occident
1517-1919 L'Empire ottoman domine la Syrie et l'Égypte.	**476** Chute de l'Empire romain d'Occident.
1805-1849 Muhammad Ali, gouverneur de l'Égypte, tente d'ouvrir le pays à la modernité.	**768-814 Charlemagne, empereur d'Occident.**
1869 Ouverture du canal de Suez.	**843** Partage de Verdun. Naissance du royaume de Francie occidentale.
1882-1924 Protectorat anglais en Égypte.	**1095** Le pape Urbain II appelle à la croisade.
1985 Condamnation des *Mille et Une Nuits* par l'université islamique d'al-Azhar au Caire.	**1099-1291** Présence des croisés latins en Orient.
	1272-1295 Voyage de Marco Polo en Chine.
	1535 Le sultan Soliman le Magnifique protège et encourage la présence commerciale des Français dans les ports du Levant (Alexandrie, Tripoli).
	1587 Création de la chaire d'arabe au Collège de France.
	1697 *Contes de ma mère l'Oye* de Charles Perrault.
	1799 Campagne d'Égypte de Bonaparte.

Pour mieux lire l'œuvre

✤ Aux temps des *Mille et Une Nuits*

La genèse anonyme d'une mythologie

Les Mille et Une Nuits ont voyagé presque autant que leur héros Sindbad. Leur origine reste obscure, liée à l'oralité du conte et aux métamorphoses successives des traductions. Avant toute chose, il faut rendre à ce texte sa spécificité : il est sans auteur. Ce conte oriental charrie des siècles d'histoire, de cultures et sa genèse s'impose comme une suite d'enrichissements : chaque conteur, chaque scribe ensuite, modifia la trame originelle. Il a en effet fallu plus de dix siècles pour que l'œuvre aboutisse à ce qu'elle est aujourd'hui. *Les Mille et Une Nuits* seraient nées en Inde, au Ve siècle après Jésus-Christ, dans un contexte littéraire particulier qui fut celui de l'oralité des récits, des contes et des fables qui mêlaient le profane au religieux et l'histoire à la légende. Dès le VIe siècle le récit de Schéhérazade voyagea vers la Perse, où il prit le nom de *Hézar afsâné*, autrement dit *Les Mille Contes*, avant de reprendre la route pour gagner Bagdad, capitale de l'Empire arabo-musulman, deux siècles plus tard. Les temps des *Mille et Une Nuits* ne sauraient s'identifier à une unique époque ou à une seule culture : les décors du récit multiplient les références à des époques et des lieux divers. Les palais somptueux, les jardins paradisiaques, les riches marchés réfèrent par exemple à l'âge d'or de Bagdad, ville cosmopolite, symbole du règne fastueux du califat abbasside[1].

À cette époque, on découpait le conte en Nuits, découpage qu'a d'ailleurs conservé Antoine Galland pour la traduction. Al-Masudi, grand lettré du Xe siècle, fut sûrement le premier à mentionner ces contes dont la renommée grandissait. Dans son ouvrage *Les Prairies d'or*, il classe *Les Mille et Une Nuits* parmi les ouvrages traduits d'une langue étrangère, sans véritable auteur. C'est ainsi qu'il pré-

---

1. **Abbasside :** les Abbassides sont une dynastie de califes arabes (750-1258) qui firent de Bagdad leur capitale et le centre d'une civilisation brillante.

Pour mieux lire l'œuvre

sente l'œuvre : « *Les Mille et Une Nuits* racontent l'histoire d'un roi, de son vizir, de sa fille Schéhérazade et de la servante de celle-ci, Dinarzade. » Cet érudit devait connaître une version un peu différente de la nôtre, puisque, dans notre texte, Dinarzade est sœur et non servante de Schéhérazade. Si al-Masudi vanta certains contes des *Mille et Une Nuits*, il ne se priva pas par ailleurs de critiquer les voyages de Sindbad qu'il considérait comme « pure invention, fabriqués ou enjolivés par des gens qui cherchaient, en retenant et débitant ces récits, à approcher les princes et à assurer leur emprise sur leurs contemporains ». En effet, le savant dénonçait toute prétention à la véracité des voyages, des observations sur les mœurs et les cultures, et, surtout, il révélait l'ouverture absolue de ce texte à la liberté et à la réécriture. Plus qu'un livre, *Les Mille et Une Nuits* sont une mythologie, un réservoir imaginaire pour la création.

Dès lors, les *Nuits* s'élaborèrent parallèlement sous forme écrite et orale. Toutes les mythologies proviennent d'ailleurs de ce double legs. À l'origine, on se racontait des histoires lors de veillées, de banquets, et la littérature s'incarnait dans une entreprise collective, sociale, et non individuelle. La notion d'écrivain n'avait aucun sens : les mythes, contes et légendes appartenaient à la culture d'une communauté, à une tradition, dans lesquelles chacun pouvait réinventer son histoire. La légende veut que ce soit Alexandre le Grand qui prit le premier goût à ces récits extraordinaires. Les grands lettrés du xe siècle, quant à eux, ne prisaient pas ces histoires qui paraissaient peu dignes de passer à l'écrit, tant leur style les éloignait des canons admis par la grande littérature arabe de l'âge d'or abbasside. L'oralité condamnait ces récits à une sorte d'infériorité, et même les versions manuscrites appartenaient à une « sous-littérature » dont la forme restait inachevée, changeante au gré des conteurs et des scribes.

Avant d'aborder l'œuvre

Pour mieux lire l'œuvre

Le voyage du mythe de Bagdad au Caire : les strates d'un premier enrichissement

Entre les XIe et XIVe siècles, Bagdad connut sa ruine, et sa décadence permit au Caire d'émerger comme nouvelle grande métropole cosmopolite du Proche-Orient. *Les Mille et Une Nuits* migrèrent vers ce nouveau pôle du savoir, de la richesse, et connurent elles aussi une autre jeunesse. Dans ce contexte, une série d'histoires nouvelles s'élabora, mettant en scène le petit peuple des artisans et des commerçants, au détour de décors pittoresques comme celui de ruelles tortueuses, identifiables à certaines rues du Caire de l'époque. Certains contes prirent une dimension ésotérique, affichant les croyances propres à la dynastie fatimide qui régnait alors en Égypte. Sauf l'écrivain égyptien al-Qurtî, on ne trouve nulle mention des *Mille et Une Nuits* dans la culture érudite de l'époque. Les contes se dispersèrent par petits morceaux dans divers recueils et différentes traditions. C'est en tout cas cette Égypte qui conserva les manuscrits des *Nuits* pour les faire parvenir, bien plus tard, jusqu'à nous.

La trace de nos contes se perdit pendant plus de cinq siècles, jusqu'à ce qu'un Français, Antoine Galland, qui avait étudié les langues orientales, la retrouve lors d'un de ses nombreux voyages en Orient. En ce début du XVIIIe siècle, il entreprit de traduire sept contes sous le titre de *Contes arabes*, qui regroupaient l'histoire de *Sindbad le marin*. Le goût de l'époque pour le conte et le récit de voyage contribua à l'engouement de cet inventif traducteur. Il fit ensuite venir de Syrie un manuscrit des *Mille et Une Nuits* en le croyant plus complet que le premier qu'il consulta. Antoine Galland mêla ainsi le meilleur de deux textes souches. Cherchant à insérer les récits de Sindbad dans l'écheveau de Schéhérazade, il les découpa en Nuits, à l'image du manuscrit syrien dont la structure enchâssée, qui joue sur le suspense permanent, sur la curiosité du lecteur, le fascinait. Mais son travail de chercheur ne s'arrêta pas là : Antoine Galland se passionna pour cette culture et ce sujet. Il rencontra en 1709, à Paris, un Syrien

Pour mieux lire l'œuvre

chrétien nommé Hanna. Auprès de celui-ci, il recueillit certains récits oraux mis par écrit. Ce fut la découverte des aventures d'Ali Baba et d'Aladin. Antoine Galland sauvait non seulement notre texte de l'oubli, mais, aussi, faisait connaître à l'Europe toute une culture arabe, qu'il eut le courage et la patience de reconstituer, et, en quelque sorte, de créer.

> ### L'essentiel
> *Les Mille et Une Nuits* sont le résultat d'un long voyage à travers les temps et les cultures. Leur élaboration court sur treize siècles, de la tradition indienne et surtout perse des Ve et VIe siècles au parachèvement magistral d'Antoine Galland au XVIIIe siècle. Œuvre à l'origine anonyme, fruit d'une tradition orale des conteurs et des versions successives de scribes, elle est aujourd'hui associée à la grande fresque arabe qu'élabora Antoine Galland. L'intérêt d'une telle œuvre est de receler les richesses et les mystères des voix d'époques et de cultures qui nous ont précédés, d'élever au rang de mythologie les restes de civilisations perdues.

✥ L'œuvre aujourd'hui

Une œuvre sans propriétaire

Les érudits officiels d'autrefois, tenant *Les Mille et Une Nuits* pour un texte indigne de la haute tradition littéraire des Abbassides, contribuèrent à l'oubli de l'œuvre. Du coup, toute la tradition dut être retrouvée, réinventée, refondée par un Français des Lumières. Ce geste symbolise bien la richesse du texte que nous lisons aujourd'hui, qui n'appartient à personne en propre, et qui reste ouvert à l'interprétation et à la rencontre des cultures orientale et occidentale. C'est pourquoi l'œuvre est paradoxalement portée

Pour mieux lire l'œuvre

aux nues par l'Occident, qui la lit comme mythologie merveilleuse, tandis qu'elle se trouve souvent condamnée dans les universités islamiques, qui la prétendent non conforme à la doctrine de Dieu. En 1985, un décret de l'université égyptienne d'al-Azhar, référence en matière religieuse dans le monde musulman, condamna la lecture des *Mille et Une Nuits*. Les religieux considèrent en effet que ces récits mettent en scène des rituels païens (le culte du feu, par exemple) et un érotisme condamnable. L'université du Caire travailla donc à policer ces contes et les conformer aux lois de l'islam, considérant que ces textes appartenaient à la culture musulmane religieuse et non à la culture orientale profane ou encore moins à la pensée occidentale, qui a contribué à l'œuvre amplement. Mais, encore une fois, les polémiques actuelles sur la propriété morale des *Mille et Une Nuits* se trouvent déjouées par la création artistique, qui s'en empare pour faire de ce texte la source d'une mythologie inépuisable.

Une œuvre ouverte à tous les arts

Aujourd'hui, on met en scène *Les Mille et Une Nuits,* comme l'a permis André Miquel au Théâtre L'Européen ; France Culture a organisé des lectures en décembre 2005, l'Institut du monde arabe a fait une exposition en septembre 2005. Cette œuvre n'appartient à personne en propre, elle ne saurait être prise en otage par aucune idéologie, pas plus qu'elle ne s'enferme dans un seul art. N'en déplaise aux dogmatiques, à ceux qui nient la puissance mythologique, liée au profane, les contes sont des legs de la culture orale, populaire, d'une histoire de passion entre un homme occidental, Antoine Galland, et ses voyages en terres orientales. Le conte, quoi qu'il arrive, fera toujours son chemin indépendant, au gré des lecteurs, des lectures et du courage de ceux qui décident de le rouvrir ou de le réinventer.

De même que la liberté narrative interdit de confisquer *Les Mille et Une Nuits*, qui mettent en scène à travers Schéhérazade le récit comme moyen d'expression de la liberté contre la tyrannie, leur origine complexe ouvre le champ à tous les arts. Avec Lully

(Le Bourgeois gentilhomme) au XVIIe siècle, Rameau au XVIIIe siècle *(Les Indes galantes)*, Cherubini *(Ali Baba et les quarante voleurs)*, Schumann *(Schéhérazade)* et Maurice Ravel *(Schéhérazade)* au XIXe, les musiciens ont largement contribué à rendre vivante cette mythologie orientale. On peut évoquer aussi la poésie avec *Les Orientales* de Victor Hugo, le théâtre avec Jules Supervielle *(Schéhérazade)*, Strindberg *(Les Babouches d'Abou Kassem)*, le roman avec Ernst Jünger *(Le Problème d'Aladin)* et Salman Rushdie *(Haroun et la mer des histoires)*. Sans parler des peintres orientalistes comme Chassériau ou Delacroix au XIXe siècle, des cinéastes comme Pasolini avec ses provocantes *Mille et Une Nuits* (1974), dont il a su rendre l'érotisme et le pouvoir subversif que ceux qui pensent les cultures comme une histoire de propriété ont cherché à gommer.

En effet, les *Nuits* proposent une aire de création, elles possèdent une réelle plasticité due à leur nature originelle : le conte oral, le brassage des cultures et des traditions, qui ressortissent beaucoup plus à la mythologie qu'à l'œuvre littéraire telle qu'on a l'habitude de la concevoir. *Les Mille et Une Nuits*, sans auteur à l'origine, constituèrent rapidement, et grâce au seul Antoine Galland, un réservoir mythologique dans lequel les auteurs peuvent puiser. Comme Peter Brook avec le *Mahabharata*, *Les Mille et Une Nuits* sont propices à la réappropriation, à la lecture plurielle, contrairement aux textes d'auteurs qui perdent en puissance en étant pillés et réinscrits dans des contextes qui les contredisent.

L'essentiel

Homère inscrivit les grands mythes grecs dans ses épopées *L'Iliade* et *L'Odyssée*. De même, Antoine Galland fixa une tradition recueillie à partir de diverses sources et permit à cette mythologie orientale de tisser un avenir qu'elle n'aurait pas eu sans lui, dans tous les arts et toutes les époques de la création.

Les Mille et Une Nuits, recueil de contes et nouvelles.

Sindbad le marin

et autres contes des
Mille et Une Nuits

Histoire du pêcheur

« MAIS, SIRE, ajouta Schéhérazade, quelque beaux que soient les contes que j'ai racontés jusqu'ici à Votre Majesté, ils n'approchent pas de[1] celui du pêcheur. » Dinarzade, voyant que la sultane s'arrêtait, lui dit : « Ma sœur, puisqu'il nous reste encore du temps, de grâce, racontez-nous l'histoire de ce pêcheur ; le sultan le voudra bien. » Schahriar y consentit, et Schéhérazade, reprenant son discours, poursuivit de cette manière :

HISTOIRE DU PÊCHEUR

SIRE, il y avait autrefois un pêcheur fort âgé et si pauvre qu'à peine pouvait-il gagner de quoi faire subsister[2] sa femme et trois enfants, dont sa famille était composée. Il allait tous les jours à la pêche de grand matin[3] ; et, chaque jour, il s'était fait une loi de[4] ne jeter ses filets que quatre fois seulement.

Il partit un matin au clair de la lune, et se rendit au bord de la mer. Il se déshabilla, et jeta ses filets, et, comme il les tirait vers le rivage, il sentit d'abord de la résistance ; il crut avoir fait une bonne pêche, et il s'en réjouissait déjà en lui-même. Mais un moment après, s'apercevant qu'au lieu de poisson il n'y avait dans ses filets que la carcasse[5] d'un âne, il en eut beaucoup de chagrin...

Schéhérazade, en cet endroit, cessa de parler, parce qu'elle vit paraître le jour. « Ma sœur, lui dit Dinarzade, je vous avoue que ce commencement me charme, et je prévois que la suite sera fort agréable. – Rien n'est plus surprenant que l'histoire de ce pêcheur, répondit la sultane ; et vous en conviendrez la nuit prochaine, si

---

1. **Ils n'approchent pas de :** ils sont loin de valoir celui du pêcheur.
2. **Subsister :** vivre.
3. **De grand matin :** de bonne heure.
4. **Il s'était fait une loi de :** il s'était fixé la règle de.
5. **La carcasse :** le squelette.

le sultan me fait la grâce de me laisser vivre. » Schahriar, curieux d'apprendre le succès de la pêche du pêcheur, ne voulut pas faire mourir ce jour-là Schéhérazade. C'est pourquoi il se leva et ne
20 donna pas encore ce cruel ordre.

IXe nuit

« MA CHÈRE SŒUR, s'écria Dinarzade le lendemain à l'heure ordinaire, si vous ne dormez pas, je vous supplie, en attendant le jour qui paraîtra bientôt, de me raconter la suite du conte du pêcheur ; je meurs d'envie de l'entendre. – Je vais vous donner cette satis-
25 faction », répondit la sultane. En même temps elle en demanda la permission au sultan, et, lorsqu'elle l'eut obtenue, elle reprit en ces termes le conte du pêcheur :

Sire, quand le pêcheur, affligé d'avoir fait une si mauvaise pêche, eut raccommodé[1] ses filets que la carcasse de l'âne avait rompus[2]
30 en plusieurs endroits, il les jeta une seconde fois. En les tirant, il sentit encore beaucoup de résistance ; ce qui lui fit croire qu'ils étaient remplis de poisson ; mais il n'y trouva qu'un grand panier plein de gravier[3] et de fange[4]. Il en fut dans une extrême affliction[5]. « Ô fortune[6] ! s'écria-t-il d'une voix pitoyable[7], cesse d'être en
35 colère contre moi, et ne persécute point un malheureux qui te prie de l'épargner ! Je suis parti de ma maison pour venir ici chercher ma vie, et tu m'annonces ma mort. Je n'ai pas d'autre métier que celui-ci pour subsister ; et, malgré tous les soins que j'y apporte,

---

1. **Raccommodé :** réparé.
2. **Rompus :** déchirés.
3. **Gravier :** cailloux.
4. **Fange :** boue.
5. **Affliction :** tourment, peine.
6. **Fortune :** chance, destin, hasard : désigne tout ce qui arrive sans qu'on n'y puisse rien.
7. **Pitoyable :** digne de pitié.

Histoire du pêcheur

je puis à peine fournir aux plus pressants[1] besoins de ma famille.
Mais j'ai tort de me plaindre de toi ; tu prends plaisir à maltraiter les honnêtes gens, et à laisser les grands hommes dans l'obscurité, tandis que tu favorises les méchants et que tu élèves[2] ceux qui n'ont aucune vertu qui les rende recommandables[3]. »

En achevant ces plaintes, il jeta brusquement le panier, et, après avoir bien lavé ses filets que la fange avait gâtés[4], il les jeta pour la troisième fois. Mais il n'amena que des pierres, des coquilles et de l'ordure. On ne saurait exprimer quel fut son désespoir ; peu s'en fallut qu'il ne perdît l'esprit. Cependant, comme le jour commençait à paraître, il n'oublia pas de faire sa prière en bon musulman[5] ; ensuite il ajouta celle-ci : *Seigneur, vous savez que je ne jette mes filets que quatre fois chaque jour. Je les ai déjà jetés trois fois sans avoir tiré le moindre fruit de mon travail. Il ne m'en reste plus qu'une ; je vous supplie de me rendre la mer favorable, comme vous l'avez rendue à Moïse*[6].

Le pêcheur, ayant fini cette prière, jeta ses filets pour la quatrième fois. Quand il jugea qu'il devait y avoir du poisson, il les tira comme auparavant avec assez de peine. Il n'y en avait pas pourtant ; mais il y trouva un vase de cuivre jaune qui, à sa pesanteur[7], lui parut plein de quelque chose, et il remarqua qu'il était fermé et scellé de plomb[8], avec l'empreinte d'un sceau. Cela le réjouit. « Je le vendrai au fondeur[9], disait-il, et, de l'argent que j'en ferai, j'en achèterai une mesure[10] de blé. »

Il examina le vase de tous côtés ; il le secoua, pour voir si ce qui était dedans ne ferait pas de bruit. Il n'entendit rien, et cette cir-

---

1. **Pressants** : urgents, nécessaires, vitaux.
2. **Tu élèves** : tu favorises.
3. **Recommandables** : dignes d'estime, d'honneur.
4. **Gâtés** : salis.
5. **En bon musulman** : fidèle aux lois de la religion musulmane qui obligent à faire sa prière à certaines heures de la journée.
6. ***Comme vous l'avez rendue à Moïse*** : selon la Bible et le Coran, Dieu a frayé un chemin au milieu de la mer Rouge pour que Moïse et les juifs puissent échapper aux Égyptiens.
7. **Pesanteur** : poids.
8. **Scellé de plomb** : fermé avec un cachet, un sceau en plomb.
9. **Fondeur** : ouvrier qui fond les métaux.
10. **Mesure** : unité de mesure du blé.

IXe nuit

constance[1], avec l'empreinte du sceau sur le couvercle de plomb, lui firent penser qu'il devait être rempli de quelque chose de précieux. Pour s'en éclaircir[2], il prit son couteau, et, avec un peu de peine, il l'ouvrit. Il en pencha aussitôt l'ouverture contre terre ; mais il n'en sortit rien, ce qui le surprit extrêmement. Il le posa devant lui, et, pendant qu'il le considérait[3] attentivement, il en sortit une fumée fort épaisse qui l'obligea de reculer deux ou trois pas en arrière. Cette fumée s'éleva jusqu'aux nues[4], et, s'étendant sur la mer et sur le rivage, forma un gros brouillard : spectacle qui causa, comme on peut se l'imaginer, un étonnement extraordinaire au pêcheur. Lorsque la fumée fut toute hors du vase, elle se réunit et devint un corps solide, dont il se forma un génie[5] deux fois aussi haut que le plus grand de tous les géants. À l'aspect d'un monstre d'une grandeur si démesurée, le pêcheur voulut prendre la fuite ; mais il se trouva si troublé et si effrayé qu'il ne put marcher.

« Salomon[6], s'écria d'abord le génie, Salomon, grand prophète de Dieu, pardon, pardon ! Jamais je ne m'opposerai à vos volontés. J'obéirai à tous vos commandements… »

Schéhérazade, apercevant le jour, interrompit là son conte. Dinarzade prit alors la parole : « Ma sœur, dit-elle, on ne peut mieux tenir sa promesse que vous ne tenez la vôtre : ce conte est assurément plus surprenant que les autres. – Ma sœur, répondit la sultane, vous entendrez des choses qui vous causeront encore plus d'admiration, si le sultan, mon seigneur, me permet de vous les raconter. » Schahriar avait trop d'envie d'entendre le reste de l'histoire du pêcheur pour vouloir se priver de ce plaisir. Il remit donc encore au lendemain la mort de la sultane.

---

1. **Circonstance :** particularité.
2. **Pour s'en éclaircir :** pour en avoir le cœur net.
3. **Considérait :** examinait.
4. **Nues :** nuages, et, plus généralement, partie très haute du ciel.
5. **Génie :** être surnaturel doté de pouvoirs magiques.
6. **Salomon :** roi incarnant la sagesse que le Coran mentionne comme prophète qui dirige les anges et les démons.

Histoire du pêcheur

X[e] nuit

DINARZADE, la nuit suivante, appela sa sœur quand il en fut temps. « Si vous ne dormez pas, ma sœur, lui dit-elle, je vous prie, en attendant le jour qui paraîtra bientôt, de continuer le conte du pêcheur. » Le sultan, de son côté, témoigna de l'impatience d'apprendre quel démêlé le génie avait eu avec Salomon. C'est pourquoi Schéhérazade poursuivit ainsi le conte du pêcheur :

Sire, le pêcheur n'eut pas sitôt entendu les paroles que le génie avait prononcées qu'il se rassura et lui dit : « Esprit superbe[1], que dites-vous ? Il y a plus de dix-huit cents ans que Salomon, le prophète de Dieu, est mort, et nous sommes présentement[2] à la fin des siècles. Apprenez-moi votre histoire et pour quel sujet[3] vous étiez renfermé dans ce vase. »

À ce discours, le génie, regardant le pêcheur d'un air fier, lui répondit : « Parle-moi plus civilement[4] ; tu es bien hardi[5] de m'appeler esprit superbe. – Hé bien, repartit le pêcheur, vous parlerai-je avec plus de civilité[6] en vous appelant hibou du bonheur ? – Je te dis, repartit le génie, de me parler civilement avant que je te tue. – Hé ! pourquoi me tueriez-vous ? répliqua le pêcheur. Je viens de vous mettre en liberté ; l'avez-vous déjà oublié ? – Non, je m'en souviens, repartit le génie ; mais cela ne m'empêchera pas de te faire mourir ; et je n'ai qu'une seule grâce à t'accorder. – Et quelle est cette grâce ? dit le pêcheur. – C'est, répondit le génie, de te laisser choisir de quelle manière tu veux que je te tue. – Mais en quoi vous ai-je offensé ? reprit le pêcheur. Est-ce ainsi que vous voulez me récompenser du bien que je vous ai fait ? – Je ne puis te traiter autrement, dit le génie ; et, afin que tu en sois persuadé, écoute mon histoire :

---

1. **Superbe :** orgueilleux.
2. **Présentement :** à ce jour.
3. **Pour quel sujet :** pour quelle raison.
4. **Civilement :** poliment.
5. **Hardi :** téméraire, audacieux.
6. **Civilité :** convenance.

Xᵉ nuit

« Je suis un de ces esprits rebelles[1] qui se sont opposés à la volonté de Dieu. Tous les autres génies reconnurent le grand Salomon prophète de Dieu, et se soumirent à lui. Nous fûmes les seuls, Sacar et moi, qui ne voulûmes pas faire cette bassesse. Pour s'en venger, ce puissant monarque chargea Assaf, fils de Barakhia, son premier ministre, de me venir prendre. Cela fut exécuté. Assaf vint se saisir de ma personne, et me mena malgré moi devant le trône du roi son maître. Salomon, fils de David, me commanda de quitter mon genre de vie, de reconnaître son pouvoir, et de me soumettre à ses commandements. Je refusai hautement[2] de lui obéir, et j'aimai mieux m'exposer à tout son ressentiment[3] que de lui prêter le serment de fidélité et de soumission qu'il exigeait de moi. Pour me punir, il m'enferma dans ce vase de cuivre ; et, afin de s'assurer de moi[4] et que je ne pusse pas forcer ma prison, il imprima lui-même sur le couvercle de plomb son sceau, où le grand nom de Dieu était gravé. Cela fait, il mit le vase entre les mains d'un des génies qui lui obéissaient, avec ordre de me jeter à la mer ; ce qui fut exécuté à mon grand regret. Durant le premier siècle de ma prison, je jurai que, si quelqu'un m'en délivrait avant les cent ans achevés, je le rendrais riche, même après sa mort. Mais le siècle s'écoula, et personne ne me rendit ce bon office[5]. Pendant le second siècle, je fis serment[6] d'ouvrir tous les trésors de la terre à quiconque me mettrait en liberté ; mais je n'en fus pas plus heureux[7]. Dans le troisième, je promis de faire puissant monarque[8] mon libérateur, d'être toujours près de lui en esprit, et de lui accorder chaque jour trois demandes, de quelque nature qu'elles pussent être ; mais ce siècle se passa comme les deux autres, et je demeurai toujours dans le même état. Enfin, chagrin[9], ou plutôt

---

1. **Rebelles :** révoltés.
2. **Hautement :** avec fierté.
3. **Ressentiment :** rancune, esprit de vengeance.
4. **S'assurer de moi :** être sûr que je respecte sa volonté.
5. **Office :** service, faveur.
6. **Je fis serment :** je me promis de.
7. **Je n'en fus pas plus heureux :** je n'en obtins pas pour autant satisfaction.
8. **Monarque :** roi.
9. **Chagrin :** attristé, contrarié.

Histoire du pêcheur

enragé[1] de me voir prisonnier si longtemps, je jurai que, si quelqu'un me délivrait dans la suite, je le tuerais impitoyablement et ne lui accorderais point d'autre grâce que de lui laisser le choix du genre de mort dont il voudrait que je le fisse mourir. C'est pourquoi, puisque tu es venu ici aujourd'hui et que tu m'as délivré, choisis comment tu veux que je te tue. »

Ce discours affligea fort le pêcheur. « Je suis bien malheureux, s'écria-t-il, d'être venu en cet endroit rendre un si grand service à un ingrat. Considérez, de grâce, votre injustice, et révoquez[2] un serment si peu raisonnable. Pardonnez-moi, Dieu vous pardonnera de même. Si vous me donnez généreusement la vie, il vous mettra à couvert[3] de tous les attentats qui se formeront contre vos jours. – Non, ta mort est certaine, dit le génie ; choisis seulement de quelle sorte tu veux que je te fasse mourir. » Le pêcheur, le voyant dans la résolution de[4] le tuer, en eut une douleur extrême, non pas tant pour l'amour de lui qu'à cause de ses trois enfants dont il plaignait la misère où ils allaient être réduits par sa mort. Il tâcha[5] encore d'apaiser le génie. « Hélas ! reprit-il, daignez avoir pitié de moi en considération de[6] ce que j'ai fait pour vous. – Je te l'ai déjà dit, repartit le génie, c'est justement pour cette raison que je suis obligé de t'ôter la vie. – Cela est étrange, répliqua le pêcheur, que vous vouliez absolument rendre le mal pour le bien. Le proverbe dit que qui fait du bien à celui qui ne le mérite pas en est toujours mal payé[7]. Je croyais, je l'avoue, que cela était faux : car, en effet, rien ne choque davantage la raison et les droits de la société ; néanmoins j'éprouve[8] cruellement que cela n'est que trop véritable. – Ne perdons pas de temps, interrompit le génie ; tous

---

1. **Enragé** : furieux.
2. **Révoquez** : renoncez, annulez, revenez sur.
3. **Vous mettra à couvert** : vous protégera.
4. **Le voyant dans la résolution de** : le voyant décidé à.
5. **Il tâcha** : il essaya de, il chercha à.
6. **En considération de** : en considérant ce que.
7. **Mal payé** : mal récompensé.
8. **J'éprouve** : je constate.

tes raisonnements ne sauraient me détourner de mon dessein[1]. Hâte-toi de dire comment tu souhaites que je te tue. »

La nécessité donne de l'esprit[2]. Le pêcheur s'avisa d'un stratagème[3]. « Puisque je ne saurais éviter la mort, dit-il au génie, je me soumets donc à la volonté de Dieu. Mais, avant que je choisisse un genre de mort, je vous conjure[4] par le grand nom de Dieu qui était gravé sur le sceau du prophète Salomon, fils de David, de me dire la vérité sur une question que j'ai à vous faire. »

Quand le génie vit qu'on lui faisait une adjuration[5] qui le contraignait de répondre positivement, il trembla en lui-même, et dit au pêcheur : « Demande-moi ce que tu voudras, et hâte-toi... »

Le jour venant à paraître, Schéhérazade se tut en cet endroit de son discours. « Ma sœur, lui dit Dinarzade, il faut convenir que plus vous parlez, et plus vous faites de plaisir. J'espère que le sultan, notre seigneur, ne vous fera pas mourir qu'il n'ait entendu le reste du beau conte du pêcheur. – Le sultan est le maître, reprit Schéhérazade ; il faut vouloir tout ce qui lui plaira. » Le sultan, qui n'avait pas moins d'envie que Dinarzade d'entendre la fin de ce conte, différa encore la mort de la sultane.

XIe nuit

SCHAHRIAR et la princesse son épouse passèrent cette nuit de la même manière que les précédentes, et, avant que le jour parût, Dinarzade les réveilla par ces paroles, qu'elle adressa à la sultane : « Si vous ne dormez pas, ma sœur, je vous prie de reprendre le conte du pêcheur. – Très volontiers, répondit Schéhérazade ; je vais vous satisfaire, avec la permission du sultan. »

---

1. **Mon dessein** : ma décision, ma résolution.
2. **La nécessité donne de l'esprit** : proverbe, maxime qui dit que l'urgence nous rend ingénieux.
3. **S'avisa d'un stratagème** : inventa une ruse.
4. **Je vous conjure** : je vous supplie.
5. **Une adjuration** : une supplication au nom de Dieu.

Histoire du pêcheur

Le génie, poursuivit-elle, ayant promis de dire la vérité, le pêcheur lui dit : « Je voudrais savoir si effectivement vous étiez dans ce vase ; oseriez-vous en jurer par le grand nom de Dieu ? – Oui, répondit le génie, je jure par ce grand nom que j'y étais, et cela est très véritable. – En bonne foi, répliqua le pêcheur, je ne puis vous croire. Ce vase ne pourrait pas seulement contenir un de vos pieds : comment se peut-il que votre corps y ait été renfermé tout entier ? – Je te jure pourtant, repartit le génie, que j'y étais tel que tu me vois. Est-ce que tu ne me crois pas, après le grand serment que j'ai fait ? – Non vraiment, dit le pêcheur, et je ne vous croirai point, à moins que vous ne me fassiez voir la chose. »

Alors il se fit une dissolution du corps du génie, qui, se changeant en fumée, s'étendit comme auparavant sur la mer et sur le rivage, et qui, se rassemblant ensuite, commença de rentrer dans le vase, et continua de même par une succession lente et égale, jusqu'à ce qu'il n'en restât plus rien au dehors. Aussitôt il en sortit une voix qui dit au pêcheur : « Hé bien, incrédule pêcheur, me voici dans le vase ; me crois-tu présentement[1] ? »

Le pêcheur, au lieu de répondre au génie, prit le couvercle de plomb, et, ayant fermé promptement[2] le vase : « Génie, lui cria-t-il, demande-moi grâce à ton tour, et choisis de quelle mort tu veux que je te fasse mourir. Mais non, il vaut mieux que je te rejette à la mer, dans le même endroit d'où je t'ai tiré, puis je ferai bâtir une maison sur ce rivage, où je demeurerai, pour avertir tous les pêcheurs qui viendront y jeter leurs filets de bien prendre garde de repêcher un méchant génie comme toi, qui as fait serment de tuer celui qui te mettra en liberté. »

À ces paroles offensantes, le génie irrité fit tous ses efforts pour sortir du vase ; mais c'est ce qui ne lui fut pas possible, car l'empreinte du sceau du prophète Salomon, fils de David, l'en empêchait. Ainsi, voyant que le pêcheur avait alors l'avantage sur lui, il prit le parti de dissimuler sa colère[3]. « Pêcheur, lui dit-il d'un ton radouci, garde-toi bien de faire ce que tu dis. Ce que j'en ai fait

---

1. **Présentement :** à présent.
2. **Promptement :** rapidement.
3. **Il prit le parti de dissimuler sa colère :** il prit la décision de cacher sa colère.

XIe nuit

n'a été que par plaisanterie, et tu ne dois pas prendre la chose sérieusement. – Ô génie ! répondit le pêcheur, toi qui étais, il n'y a qu'un moment, le plus grand, et qui es à l'heure qu'il est le plus petit de tous les génies, apprends que tes artificieux[1] discours ne te serviront de rien. Tu retourneras à la mer. Si tu y as demeuré tout le temps que tu m'as dit, tu pourras bien y demeurer jusqu'au jour du jugement[2]. Je t'ai prié, au nom de Dieu, de ne me pas ôter la vie, tu as rejeté mes prières ; je dois te rendre la pareille[3]. »

Le génie n'épargna rien pour[4] tâcher de toucher[5] le pêcheur. « Ouvre le vase, lui dit-il, donne-moi la liberté, je t'en supplie ; je te promets que tu seras content de moi. – Tu n'es qu'un traître, repartit le pêcheur. Je mériterais de perdre la vie si j'avais l'imprudence de me fier à toi. Tu ne manquerais pas de me traiter de la même façon qu'un certain roi grec traita le médecin Douban. C'est une histoire que je te veux raconter : écoute :

---

1. **Artificieux :** mensongers.
2. **Jour du jugement :** jour du Jugement dernier.
3. **Te rendre la pareille :** te traiter comme tu m'as traité.
4. **N'épargna rien pour :** utilisa tous les moyens, se donna tout le mal possible pour.
5. **Toucher :** attendrir, émouvoir.

Clefs d'analyse

Histoire du pêcheur

Action et personnages

1. Quelles sont les caractéristiques du personnage du pêcheur ? Que doit éprouver le lecteur à son sujet ?

2. Qui est le génie ? Qu'incarne-t-il comme valeurs ? Qu'a-t-il fait pour être puni de la sorte ?

3. À quel type de personnages avons-nous affaire ?

Langue

4. Pourquoi le récit est-il découpé en « nuits » ?

5. Pourquoi ponctuer le récit ainsi ?

6. En quoi la fin de ce passage est-elle typique des *Mille et Une Nuits* ? Comment s'appelle ce procédé littéraire ?

7. À quel type de langage ressortit le récit ? À quelle époque a-t-il été écrit ?

Genre ou thèmes

8. Quel registre narratif fait intervenir la découverte du vase et l'apparition du génie ?

9. Pourquoi recourir au merveilleux dans le conte ?

10. Pourquoi y a-t-il tant de morceaux au style direct dans l'histoire du pêcheur ? Qui parle et pourquoi ?

11. Qu'est-ce qui fait de l'histoire du pêcheur un conte traditionnel ? Quels éléments vous sont familiers dans ce récit ?

12. Montrez la valeur dégradée du serment, de l'engagement, de la foi, dans le personnage du génie. Quelle vertu incarne le pêcheur à l'inverse de cela ?

Écriture

13. Écrivez un dialogue entre un génie et celui qui découvre son existence. Faites-le en trouvant une idée surprenante, qui

Clefs d'analyse — Histoire du pêcheur

permette de déstabiliser votre lecteur. Par exemple, ayez recours à la peur, à la surprise, à l'imaginaire mythologique.

14. Racontez la découverte d'un objet magique par un personnage pauvre. Faites une réflexion sur la chance et la malchance.
15. Rédigez un récit qui emprunte le code du conte, mais transposez les personnages de ce conte dans notre monde contemporain.

Pour aller plus loin

16. Comparez d'autres contes traditionnels que vous connaissez à celui-ci. Quelles sont les grandes différences ?
17. Pourquoi le faible gagne-t-il toujours ? Quelles sont les passions suscitées chez le lecteur ? Donnez d'autres exemples de contes ou de romans où c'est le faible ou le pauvre qui gagne.
18. Est-ce que tous les contes font intervenir la religion ? Que représente le génie et que représente Dieu dans cette histoire ?

✽ À retenir

L'histoire du pêcheur emprunte à la traditionnelle opposition du fort et du faible, du riche et du pauvre, qui est ici radicalisée par le fait que le génie soit un être surnaturel. Cette structure exemplifie le renversement des forces : « Est pris qui croyait prendre ». C'est la vertu du pêcheur, sa piété envers Dieu, qui le font triompher du génie trompeur. Le pêcheur et le génie symbolisent l'affrontement entre le bien et le mal.

HISTOIRE DU ROI GREC ET DU MÉDECIN DOUBAN

« IL Y AVAIT AU PAYS de Zouman[1], dans la Perse[2], un roi dont les sujets étaient Grecs[3] originairement. Ce roi était couvert de lèpre[4], et ses médecins, après avoir inutilement employé tous leurs remèdes pour le guérir, ne savaient plus que lui ordonner[5], lorsqu'un très habile[6] médecin, nommé Douban, arriva dans sa cour.

« Ce médecin avait puisé sa science dans[7] les livres grecs, persans, turcs, arabes, latins, syriaques[8] et hébreux ; et, outre qu'il était consommé dans[9] la philosophie, il connaissait parfaitement les bonnes et mauvaises qualités[10] de toutes sortes de plantes et de drogues[11]. Dès qu'il fut informé de la maladie du roi, et qu'il eut appris que ses médecins l'avaient abandonné, il s'habilla le plus proprement qu'il lui fut possible, et trouva moyen de se faire présenter au roi. « Sire, lui dit-il, je sais que tous les médecins dont Votre Majesté s'est servie n'ont pu la guérir de sa lèpre ; mais, si vous voulez bien me faire l'honneur d'agréer[12] mes services, je m'engage à vous guérir sans breuvage[13] et sans topiques[14]. » Le roi écouta cette proposition. « Si vous êtes assez habile homme,

---

1. **Pays de Zouman** : ancienne région de l'Empire perse.
2. **Perse** : ancien nom de l'actuel Iran.
3. **Grecs** : les princes séleucides, héritiers de l'empereur Alexandre, régnèrent sur la Perse, la Mésopotamie et la Syrie.
4. **Lèpre** : maladie de la peau.
5. **Ordonner** : prescrire un médicament.
6. **Habile** : ingénieux.
7. **Puisé sa science dans** : appris dans.
8. **Syriaques** : le syriaque est une langue sémitique.
9. **Consommé dans** : spécialiste en, très capable en.
10. **Qualités** : vertus, spécificités.
11. **Drogues** : médicaments.
12. **Agréer** : accepter.
13. **Breuvage** : potion médicinale.
14. **Topiques** : médicaments à application locale comme une pommade ou une émulsion.

répondit-il, pour faire ce que vous dites, je promets de vous enrichir, vous et votre postérité[1] ; et, sans compter les présents que je vous ferai, vous serez mon plus cher favori[2]. Vous m'assurez donc que vous m'ôterez ma lèpre, sans me faire prendre aucune potion et sans m'appliquer aucun remède extérieur ? — Oui, Sire, repartit le médecin, je me flatte d'y réussir[3], avec l'aide de Dieu ; et dès demain j'en ferai l'épreuve[4]. »

« En effet, le médecin Douban se retira chez lui, et fit un mail[5] qu'il creusa en dedans par le manche, où il mit la drogue dont il prétendait[6] se servir. Cela étant fait, il prépara aussi une boule de la manière qu'il la voulait, avec quoi il alla le lendemain se présenter devant le roi ; et, se prosternant à ses pieds, il baisa la terre... »

En cet endroit, Schéhérazade, remarquant qu'il était jour, en avertit Schahriar, et se tut. « En vérité, ma sœur, dit alors Dinarzade, je ne sais où vous allez prendre tant de belles choses. — Vous en entendrez bien d'autres demain, répondit Schéhérazade, si le sultan, mon maître, a la bonté de me prolonger encore la vie. » Schahriar, qui ne désirait pas moins ardemment que Dinarzade d'entendre la suite de l'histoire du médecin Douban, n'eut garde de[7] faire mourir la sultane ce jour-là.

XIIe nuit

LA DOUZIÈME NUIT était déjà fort avancée lorsque Dinarzade, s'étant réveillée, s'écria : « Ma sœur, si vous ne dormez pas, je vous supplie de continuer l'agréable histoire du roi grec et du médecin

---

1. **Postérité :** descendance.
2. **Favori :** homme favorisé par le roi et considéré comme son préféré.
3. **Je me flatte d'y réussir :** je prétends y parvenir.
4. **J'en ferai l'épreuve :** je vous le prouverai.
5. **Mail :** marteau servant à pousser une balle dans le jeu qui porte le même nom qu'on appelle aussi un « maillet ».
6. **Prétendait :** pensait.
7. **N'eut garde de :** évita soigneusement de.

Histoire du roi grec et du médecin Douban

Douban. – Je le veux bien », répondit Schéhérazade. En même temps elle reprit le fil de cette sorte :

Sire, le pêcheur, parlant toujours au génie qu'il tenait enfermé dans le vase, poursuivit ainsi :

« Le médecin Douban se leva, et, après avoir fait une profonde révérence, dit au roi qu'il jugeait à propos que[1] Sa Majesté montât à cheval et se rendît à la place pour jouer au mail. Le roi fit ce qu'on lui disait ; et, lorsqu'il fut dans le lieu destiné à jouer au mail à cheval, le médecin s'approcha de lui avec le mail qu'il avait préparé, et, le lui présentant : « Tenez, Sire, lui dit-il, exercez-vous avec ce mail, en poussant cette boule, par la place[2], jusqu'à ce que vous sentiez votre main et votre corps en sueur. Quand le remède que j'ai enfermé dans le manche de ce mail sera échauffé par votre main, il vous pénétrera par tout le corps, et, sitôt que vous suerez, vous n'aurez qu'à quitter cet exercice, car le remède aura fait son effet. Dès que vous serez de retour en votre palais, vous entrerez au bain, où vous vous ferez bien laver et frotter ; vous vous coucherez ensuite, et en vous levant demain matin vous serez guéri. »

« Le roi prit le mail, et poussa son cheval après la boule qu'il avait jetée. Il la frappa : elle lui fut renvoyée par les officiers qui jouaient avec lui ; il la refrappa ; et enfin le jeu dura si longtemps que sa main en sua, aussi bien que tout son corps. Ainsi le remède enfermé dans le manche du mail opéra[3] comme le médecin l'avait dit. Alors le roi cessa de jouer, s'en retourna dans son palais, entra au bain, et observa très exactement ce qui lui avait été prescrit. Il s'en trouva fort bien : car le lendemain, en se levant, il s'aperçut avec autant d'étonnement que de joie que sa lèpre était guérie, et qu'il avait le corps aussi net que s'il n'eût jamais été attaqué de cette maladie. D'abord qu'il[4] fut habillé, il entra dans la salle d'audience publique[5], où il monta sur son trône, et se fit voir à tous

---

1. **Jugeait à propos que :** jugeait pertinent, opportun, bienvenu que.
2. **Par la place :** de part et d'autre de l'aire de jeu.
3. **Opéra :** fit son effet.
4. **D'abord qu'il :** dès qu'il.
5. **Salle d'audience publique :** salle où le roi reçoit ses sujets pour entendre leurs questions et plaintes.

ses courtisans[1], que l'empressement d'apprendre le succès du nouveau remède y avait fait aller de bonne heure. Quand ils virent le roi parfaitement guéri, ils en firent tous paraître une extrême joie.

« Le médecin Douban entra dans la salle, et s'alla prosterner au pied du trône, la face contre terre. Le roi, l'ayant aperçu, l'appela, le fit asseoir à son côté, et le montra à l'assemblée, en lui donnant publiquement toutes les louanges[2] qu'il méritait. Ce prince n'en demeura pas là : comme il régalait ce jour-là toute sa cour, il le fit manger à sa table seul avec lui... »

À ces mots, Schéhérazade, remarquant qu'il était jour, cessa de poursuivre son conte. « Ma sœur, dit Dinarzade, je ne sais quelle sera la fin de cette histoire, mais j'en trouve le commencement admirable. – Ce qui reste à raconter en est le meilleur, répondit la sultane ; et je suis assurée que vous n'en disconviendrez pas[3], si le sultan veut bien me permettre de l'achever la nuit prochaine. » Schahriar y consentit, et se leva fort satisfait de ce qu'il avait entendu.

XIIIe nuit

SUR LA FIN DE LA NUIT suivante, Dinarzade dit encore à la sultane : « Ma chère sœur, si vous ne dormez pas, je vous supplie de continuer l'histoire du roi grec et du médecin Douban. – Je vais contenter votre curiosité, ma sœur, répondit Schéhérazade, avec la permission du sultan, mon seigneur. » Alors elle reprit ainsi le conte :

« Le roi grec, poursuivit le pêcheur, ne se contenta pas de recevoir à sa table le médecin Douban : vers la fin du jour, lorsqu'il voulut congédier[4] l'assemblée, il le fit revêtir d'une longue robe

---

1. **Courtisans** : hommes de la cour du roi.
2. **Louanges** : vient du verbe « louer », qui signifie féliciter, faire l'éloge de quelqu'un.
3. **Vous n'en disconviendrez pas** : vous en conviendrez, vous en serez d'accord.
4. **Congédier** : donner son congé à, inviter quelqu'un à se retirer.

Histoire du roi grec et du médecin Douban

fort riche et semblable à celle que portaient ordinairement ses courtisans en sa présence ; outre cela, il lui fit donner deux mille sequins[1]. Le lendemain et les jours suivants, il ne cessa de le caresser[2]. Enfin, ce prince, croyant ne pouvoir jamais assez reconnaître les obligations[3] qu'il avait à un médecin si habile, répandait sur lui tous les jours de nouveaux bienfaits.

« Or, ce roi avait un grand vizir[4] qui était avare, envieux et naturellement capable de toutes sortes de crimes. Il n'avait pu voir sans peine les présents qui avaient été faits au médecin, dont le mérite d'ailleurs commençait à lui faire ombrage[5] ; il résolut de le perdre dans l'esprit du roi[6]. Pour y réussir, il alla trouver ce prince, et lui dit en particulier qu'il avait un avis de la dernière importance[7] à lui donner. Le roi lui ayant demandé ce que c'était : « Sire, lui dit-il, il est bien dangereux à un monarque d'avoir de la confiance en un homme dont il n'a point éprouvé la fidélité[8]. En comblant de bienfaits le médecin Douban, en lui faisant toutes les caresses que Votre Majesté lui fait, vous ne savez pas que c'est un traître, qui ne s'est introduit dans cette cour que pour vous assassiner. — De qui tenez-vous ce que vous m'osez dire ? répondit le roi. Songez-vous que c'est à moi que vous parlez, et que vous avancez une chose que je ne croirai pas légèrement[9] ? — Sire, répliqua le vizir, je suis parfaitement instruit[10] de ce que j'ai l'honneur de vous représenter. Ne vous reposez donc plus sur une confiance dangereuse. Si Votre Majesté dort, qu'elle se réveille : car enfin, je le répète encore, le médecin Douban n'est parti du fond de la Grèce, son pays, il n'est venu s'établir dans votre cour, que pour exécuter l'horrible dessein dont j'ai parlé. — Non, non, vizir, interrompit le roi, je suis sûr que

---

1. **Sequins :** ancienne monnaie de Venise dont on usait en Italie et dans certains pays arabes.
2. **De le caresser :** de lui complaire.
3. **Les obligations :** la reconnaissance.
4. **Grand vizir :** Premier ministre du roi dans l'Empire ottoman.
5. **À lui faire ombrage :** à lui faire de l'ombre.
6. **Le perdre dans l'esprit du roi :** donner au roi une mauvaise opinion de lui.
7. **De la dernière importance :** de la plus haute importance.
8. **Éprouver la fidélité :** mettre la fidélité à l'épreuve.
9. **Légèrement :** à la légère, facilement, sans preuve.
10. **Instruit :** au courant.

XIIIᵉ nuit

cet homme, que vous traitez de perfide[1] et de traître, est le plus vertueux et le meilleur de tous les hommes ; il n'y a personne au monde que j'aime autant que lui. Vous savez par quel remède, ou plutôt par quel miracle il m'a guéri de ma lèpre ; s'il en veut à ma vie, pourquoi me l'a-t-il sauvée ? Il n'avait qu'à m'abandonner à mon mal ; je n'en pouvais échapper ; ma vie était déjà à moitié consumée[2]. Cessez donc de vouloir m'inspirer d'injustes soupçons : au lieu de les écouter, je vous avertis que dès ce jour je fais à ce grand homme, pour toute sa vie, une pension de mille sequins par mois. Quand je partagerais[3] avec lui toutes mes richesses et mes États même, je ne le payerais pas assez de ce qu'il a fait pour moi. Je vois ce que c'est, sa vertu[4] excite votre envie ; mais ne croyez pas que je me laisse injustement prévenir contre lui[5] : je me souviens trop bien de ce qu'un vizir dit au roi Sindbad, son maître, pour l'empêcher de faire mourir le prince son fils... »

« Mais, Sire, ajouta Schéhérazade, le jour qui paraît me défend de poursuivre. – Je sais bon gré au roi[6] grec, dit Dinarzade, d'avoir eu la fermeté de rejeter la fausse accusation de son vizir. – Si vous louez aujourd'hui la fermeté de ce prince, interrompit Schéhérazade, vous condamnerez demain sa faiblesse, si le sultan veut bien que j'achève de raconter cette histoire. » Le sultan, curieux d'apprendre en quoi le roi grec avait eu de la faiblesse, différa encore la mort de la sultane.

---

1. **Perfide :** qui trahit la confiance, infidèle.
2. **À moitié consumée :** à moitié terminée.
3. **Quand je partagerais :** même si je partageais.
4. **Vertu :** bonté.
5. **Je me laisse injustement prévenir contre lui :** je me laisse influencer défavorablement à son égard.
6. **Je sais bon gré au roi :** je suis reconnaissante au roi.

Histoire du roi grec et du médecin Douban

XIVe nuit

« MA SŒUR, s'écria Dinarzade sur la fin de la quatorzième nuit, si vous ne dormez pas, je vous supplie, en attendant le jour qui paraîtra bientôt, de reprendre l'histoire du pêcheur ; vous en êtes demeurée à l'endroit où le roi grec soutient l'innocence du médecin Douban, et prend si fortement son parti. – Je m'en souviens, répondit Schéhérazade ; vous en allez entendre la suite. »

Sire, continua-t-elle en adressant toujours la parole à Schahriar, ce que le roi grec venait de dire touchant le roi Sindbad piqua la curiosité du vizir, qui lui dit : « Sire, je supplie Votre Majesté de me pardonner si j'ai la hardiesse de lui demander ce que le vizir du roi Sindbad dit à son maître pour le détourner de faire mourir le prince son fils. » Le roi grec eut la complaisance[1] de le satisfaire. « Ce vizir, lui répondit-il, après avoir représenté[2] au roi Sindbad que, sur l'accusation d'une belle-mère, il devait craindre de faire une action dont il pût se repentir[3], lui conta cette histoire :

---

1. **Complaisance** : gentillesse.
2. **Représenté** : expliqué.
3. **Se repentir** : avoir des remords, se reprocher.

Clefs d'analyse

Histoire du roi grec et du médecin Douban

Action et personnages

1. Qui raconte cette histoire ?
2. Pourquoi celui qui récite est-il impliqué dans le récit qu'il fait ?
3. En quoi le personnage qui raconte peut-il être rapproché de Schéhérazade ?
4. Décrivez la situation du personnage du génie à ce moment de l'histoire. Est-il en position de force ou de faiblesse ?
5. Quel est le problème du roi grec ? De quelle maladie est-il atteint ?
6. Quelles sont les principales qualités du médecin Douban ?
7. Montrez l'opposition et le rapport de force entre les deux personnages principaux de cette narration.

Langue

8. Sur quel procédé narratif repose cette histoire ? Est-ce plutôt le récit, la description, ou bien le discours et le dialogue ? Expliquez pourquoi ?
9. Quel procédé relance l'imbrication des histoires à la fin de ce récit ?
10. Qui est le nouveau conteur ? Exposez dans un schéma les différentes narrations en cours ? Qui raconte quoi et à qui ?
11. Quel est le but recherché par une telle structure de mise en abyme ?

Genre ou thèmes

12. Qui est le fort, qui est le faible dans cette histoire ? Montrez la disjonction entre le rapport de force initial et la fin du conte. Pourquoi y a-t-il encore une fois des effets de surprise et de paradoxe ?
13. Pourquoi le médecin aurait-il besoin de tromper le roi ? Qu'est-ce que cela révèle sur l'intelligence et la maturité du monarque ?
14. Faites un parallélisme entre Schahriar et le roi grec et Schéhérazade et Douban. En quoi peut-on dire que Schéhérazade est un « médecin de l'âme » ?

Clefs d'analyse   Histoire du roi grec et du médecin Douban

Écriture

15. Racontez l'histoire d'une guérison mystérieuse. Appuyez votre récit sur le pouvoir que la science donne au médecin. Montrez aussi comment le scientifique peut abuser de ce pouvoir, comme chez Molière, en mystifiant son malade.

16. Écrivez la morale qui doit ressortir de ce conte. Formulez-la comme une morale de La Fontaine, par exemple, ou alors choisissez un moyen original de l'énoncer.

Pour aller plus loin

17. Comparez ce récit de guérison à d'autres histoires que vous connaissez.

18. Montrez que dans la littérature le personnage du médecin, qui a du pouvoir sur son malade, peut avoir une image positive ou négative. Donnez des exemples.

19. Réfléchissez à la figure du mauvais conseiller, incarnée par le vizir, et qui relance la narration.

20. On pourrait développer une réflexion autour du thème « conte et politique ». Qui, au XVIIIe siècle, a pensé les excès de la tyrannie et illustré leur cause ? En quoi Antoine Galland est-il un auteur des Lumières en ce sens ? Faites une petite recherche sur la question du pouvoir et de ses limites dans le contexte de la France des Lumières.

✳ À retenir

Ce conte impose clairement une réflexion sur le pouvoir et ses abus. Le thème du fort et du faible est repris dans un contexte politique. Le roi grec est investi d'un pouvoir de vie et de mort sur ses sujets, ce qui en fait un potentiel tyran, dans le cas où il laisserait parler ses caprices de monarque sans discernement, ou dans le cas où il serait mal influencé par un mauvais conseiller.

HISTOIRE DU MARI ET DU PERROQUET

« UN BON HOMME avait une belle femme qu'il aimait avec tant de passion qu'il ne la perdait de vue que le moins qu'il pouvait. Un jour que des affaires pressantes l'obligeaient à s'éloigner d'elle, il alla dans un endroit où l'on vendait toutes sortes d'oiseaux ; il y acheta un perroquet, qui non seulement parlait bien, mais qui avait même le don de rendre compte de tout ce qui avait été fait devant lui. Il l'apporta dans une cage au logis, pria sa femme de le mettre dans sa chambre, et d'en prendre soin pendant le voyage qu'il allait faire ; après quoi il partit.

« À son retour, il ne manqua pas d'interroger le perroquet sur ce qui s'était passé durant son absence ; et là-dessus l'oiseau lui apprit des choses qui lui donnèrent lieu de[1] faire de grands reproches à sa femme. Elle crut que quelqu'une de ses esclaves l'avait trahie ; mais elles lui jurèrent toutes qu'elles lui avaient été fidèles, et elles convinrent[2] qu'il fallait que ce fût le perroquet qui eût fait ces mauvais rapports.

« Prévenue de cette opinion[3], la femme chercha dans son esprit un moyen de détruire les soupçons de son mari, et de se venger en même temps du perroquet. Elle le trouva : son mari étant parti pour faire un voyage d'une journée, elle commanda à une esclave de tourner pendant la nuit, sous la cage de l'oiseau, un moulin à bras[4] ; à une autre, de jeter de l'eau en forme de pluie par le haut de la cage ; et à une troisième, de prendre un miroir et de le tourner devant les yeux du perroquet, à droite et à gauche, à la clarté d'une chandelle. Les esclaves employèrent une grande partie de la

---

1. **Lui donnèrent lieu de :** lui permirent, le poussèrent à.
2. **Convinrent :** s'accordèrent.
3. **Prévenue de cette opinion :** mise au courant de cet avis.
4. **Moulin à bras :** moulin servant à broyer les aliments.

Histoire du mari et du perroquet

nuit à faire ce que leur avait ordonné leur maîtresse, et elles s'en acquittèrent[1] fort adroitement.

« Le lendemain, le mari, étant de retour, fit encore des questions au perroquet sur ce qui s'était passé chez lui, et l'oiseau lui répondit : « Mon bon maître, les éclairs, le tonnerre et la pluie m'ont tellement incommodé[2] toute la nuit que je ne puis vous dire ce que j'en ai souffert. » Le mari, qui savait bien qu'il n'avait ni plu ni tonné cette nuit-là, demeura persuadé que le perroquet, ne disant pas la vérité en cela, ne la lui avait pas dite aussi au sujet de sa femme. C'est pourquoi, de dépit, l'ayant tiré de sa cage, il le jeta si rudement contre terre qu'il le tua. Néanmoins, dans la suite, il apprit de ses voisins que le pauvre perroquet ne lui avait pas menti en lui parlant de la conduite de sa femme ; ce qui fut cause qu'il se repentit de l'avoir tué... »

Là s'arrêta Schéhérazade, parce qu'elle s'aperçut qu'il était jour. « Tout ce que vous nous racontez, ma sœur, dit Dinarzade, est si varié que rien ne me paraît plus agréable. – Je voudrais continuer de vous divertir, répondit Schéhérazade ; mais je ne sais si le sultan, mon maître, m'en donnera le temps. » Schahriar, qui ne prenait pas moins de plaisir que Dinarzade à entendre la sultane, se leva, et passa la journée sans ordonner au vizir de la faire mourir.

XVe nuit

DINARZADE ne fut pas moins exacte cette nuit que les précédentes à réveiller Schéhérazade. « Ma chère sœur, lui dit-elle, si vous ne dormez pas, je vous supplie, en attendant le jour qui paraîtra bientôt, de me conter un de ces beaux contes que vous savez. – Ma sœur, répondit la sultane, je vais vous donner cette satisfaction. – Attendez, interrompit le sultan, achevez l'entretien du roi grec avec son vizir au sujet du médecin Douban, et puis

---

1. **S'en acquittèrent** : menèrent à bien, exécutèrent.
2. **Incommodé** : fatigué, tourmenté.

XVᵉ nuit

vous continuerez l'histoire du pêcheur et du génie. – Sire, repartit Schéhérazade, vous allez être obéi. » En même temps elle poursuivit de cette manière :

« Quand le roi grec, dit le pêcheur au génie, eut achevé l'histoire du perroquet : « Et vous, vizir, ajouta-t-il, par l'envie que vous avez conçue[1] contre le médecin Douban, qui ne vous a fait aucun mal, vous voulez que je le fasse mourir ; mais je m'en garderai bien, de peur de m'en repentir, comme ce mari d'avoir tué son perroquet. » Le pernicieux[2] vizir était trop intéressé à la perte du médecin Douban pour en demeurer là[3]. « Sire, répliqua-t-il, la mort du perroquet était peu importante, et je ne crois pas que son maître l'ait regretté longtemps. Mais pourquoi faut-il que la crainte d'opprimer[4] l'innocence vous empêche de faire mourir ce médecin ? Ne suffit-il pas qu'on l'accuse de vouloir attenter à votre vie pour vous autoriser à lui faire perdre la sienne ? Quand il s'agit d'assurer les jours d'un roi, un simple soupçon doit passer pour une certitude, et il vaut mieux sacrifier l'innocent que sauver le coupable. Mais, Sire, ce n'est point ici une chose incertaine : le médecin Douban veut vous assassiner. Ce n'est point l'envie qui m'arme contre lui, c'est l'intérêt seul que je prends à la conservation de Votre Majesté ; c'est mon zèle[5] qui me porte à vous donner un avis d'une si grande importance. S'il est faux, je mérite qu'on me punisse de la même manière qu'on punit autrefois un vizir. – Qu'avait fait ce vizir, dit le roi grec, pour être digne de ce châtiment[6] ? – Je vais l'apprendre à Votre Majesté, Sire, répondit le vizir ; qu'elle ait, s'il lui plaît, la bonté de m'écouter.

---

1. **L'envie que vous avez conçue :** l'envie que vous ressentez.
2. **Pernicieux :** vicieux, méchant.
3. **Pour en demeurer là :** pour s'arrêter là, pour renoncer à aller plus loin dans la vengeance.
4. **Opprimer :** faire souffrir.
5. **Zèle :** empressement, dévouement.
6. **Pour être digne de ce châtiment :** pour mériter cette punition.

Clefs d'analyse

Histoire du mari et du perroquet

Action et personnages

1. En quoi ce conte fait-il rejouer les rôles du médecin Douban et du roi grec par d'autres personnages ? Dites qui représente qui.

2. Que pensez-vous du personnage de la femme ? En quoi son caractère représente-t-il un défaut récurrent de la féminité ?

3. Que ressent-on quand le mari jaloux tue le perroquet ? Pourquoi rechercher cet effet sur l'auditoire ?

4. Pourquoi le roi grec raconte-t-il cette histoire à son ministre ? Que cherche-t-il à lui démontrer ?

5. Quel est le stratagème utilisé par l'épouse et ses servantes ? Quels sentiments cela inspire-t-il au sujet de la femme ? Pourquoi mettre en scène une épouse infidèle dans le récit de Schéhérazade à Schahriar ?

Langue

6. Qui est le narrateur de l'histoire du mari et du perroquet ?

7. Sur quel procédé narratif repose le récit ?

8. En quoi ce récit permet-il la transition vers un autre récit ? Que pensez-vous de l'échange des récits comme moyen de réfléchir à la fonction morale du récit ?

9. Montrez que la réaction de Schahriar permet au lecteur de récapituler les récits enchâssés.

Genre ou thèmes

10. Le conte repose-t-il sur des situations inconnues ou reprend-il des thèmes que vous connaissez déjà ? Donnez un exemple de conte qui repose sur l'infidélité féminine.

11. Pourquoi faire intervenir un perroquet ? Cela vous semble-t-il vraisemblable ? Qu'est-ce que cela nous apprend du genre du conte ?

12. Pourquoi raconter une histoire plutôt que de tâcher de convaincre par des arguments ?

Clefs d'analyse — Histoire du mari et du perroquet

13. Que penser de la réaction du mari ? Que devrait en penser le sultan Schahriar ?

Écriture

14. Racontez l'histoire du perroquet du point de vue de l'épouse infidèle qui parle à une amie.
15. Écrivez une lettre que l'épouse infidèle enverrait à son mari pour lui avouer qu'elle s'est enfuie avec son amant.

Pour aller plus loin

16. Pourquoi le thème de l'infidélité est-il si prisé dans la littérature ? Contre quelle institution morale et religieuse s'inscrit-il ? Quelles sont les grandes figures de l'infidélité masculine et celles de l'infidélité féminine ?
17. Montrez que le thème de la femme infidèle est récurrent dans la pensée orientale. Pourquoi trouve-t-on dans la Bible le « ne jetez pas la pierre à la femme adultère » ? Les auteurs occidentaux ont-ils réfléchi à l'inégalité des sexes dans la religion ? Quels sont les grands textes qui investissent cette question ?

> ✳ **À retenir**
>
> L'histoire du perroquet et du mari emprunte à la tradition le personnage féminin trompeur et l'intervention d'un animal comme s'il était humain. Ce conte est donc tissé d'une dimension culturelle réaliste, censée faire réfléchir aux pouvoirs du mari sur sa femme, et d'une dimension amusante, qui anthropomorphise le perroquet. Schéhérazade met une fois de plus en abyme la réflexion sur le pouvoir injuste et les puissances du récit.

HISTOIRE DU VIZIR PUNI

« IL ÉTAIT AUTREFOIS un roi, poursuivit-il, qui avait un fils qui aimait passionnément la chasse. Il lui permettait de prendre souvent ce divertissement ; mais il avait donné ordre à son grand vizir de l'accompagner toujours et de ne le perdre jamais de vue. Un jour de chasse, les piqueurs[1] ayant lancé un cerf[2], le prince, qui crut que le vizir le suivait, se mit après la bête[3]. Il courut si longtemps, et son ardeur[4] l'emporta si loin, qu'il se trouva seul. Il s'arrêta, et, remarquant qu'il avait perdu la voie[5], il voulut retourner sur ses pas pour aller rejoindre le vizir, qui n'avait pas été assez diligent[6] pour le suivre de près ; mais il s'égara. Pendant qu'il courait de tous côtés sans tenir de route assurée[7], il rencontra au bord d'un chemin une dame assez bien faite[8], qui pleurait amèrement. Il retint la bride de son cheval, demanda à cette femme qui elle était, ce qu'elle faisait seule en cet endroit, et si elle avait besoin de secours. « Je suis, lui répondit-elle, la fille d'un roi des Indes. En me promenant à cheval dans la campagne, je me suis endormie, et je suis tombée. Mon cheval s'est échappé, et je ne sais ce qu'il est devenu. » Le jeune prince eut pitié d'elle, et lui proposa de la prendre en croupe[9], ce qu'elle accepta.

« Comme ils passaient près d'une masure[10], la dame ayant témoigné qu'elle serait bien aise de mettre pied à terre pour quelque nécessité[11], le prince s'arrêta et la laissa descendre. Il descendit

---

1. **Les piqueurs** : valets de chiens qui poursuivent la proie à cheval.
2. **Ayant lancé un cerf** : ayant fait sortir le cerf de sa cachette pour le chasser ensuite.
3. **Se mit après la bête** : se mit à courir derrière l'animal.
4. **Ardeur** : vivacité, énergie.
5. **Il avait perdu la voie** : il s'était perdu.
6. **Diligent** : rapide.
7. **Sans tenir de route assurée** : sans être sûr de son chemin.
8. **Une dame assez bien faite** : une assez jolie femme.
9. **La prendre en croupe** : la faire monter derrière lui à cheval.
10. **Masure** : humble maison.
11. **Nécessité** : besoin.

aussi, et s'approcha de la masure en tenant son cheval par la bride. Jugez quelle fut sa surprise lorsqu'il entendit la dame en dedans prononcer ces paroles : « Réjouissez-vous, mes enfants, je vous amène un garçon bien fait et fort gras » ; et d'autres voix qui lui répondirent aussitôt : « Maman, où est-il, que nous le mangions tout à l'heure[1], car nous avons bon appétit. »

« Le prince n'eut pas besoin d'en entendre davantage pour concevoir[2] le danger où il se trouvait. Il vit bien que la dame qui se disait fille d'un roi des Indes était une ogresse, femme de ces démons sauvages, appelés ogres, qui se retirent dans des lieux abandonnés, et se servent de mille ruses pour surprendre et dévorer les passants. Il fut saisi de frayeur, et se jeta au plus vite sur son cheval. La prétendue princesse parut dans le moment ; et, voyant qu'elle avait manqué son coup : « Ne craignez rien, cria-t-elle au prince. Qui êtes-vous ? que cherchez-vous ? – Je suis égaré, répondit-il, et je cherche mon chemin. – Si vous êtes égaré, dit-elle, recommandez-vous à Dieu, il vous délivrera de l'embarras où vous vous trouvez. » Alors le prince leva les yeux au ciel… »

« Mais, Sire, dit Schéhérazade en cet endroit, je suis obligée d'interrompre mon discours ; le jour qui paraît m'impose silence. – Je suis fort en peine, ma sœur, dit Dinarzade, de savoir ce que deviendra ce jeune prince ; je tremble pour lui.

– Je vous tirerai demain d'inquiétude, répondit la sultane, si le sultan veut bien que je vive jusqu'à ce temps-là. » Schahriar, curieux d'apprendre le dénouement de cette histoire, prolongea encore la vie de Schéhérazade.

XVIe nuit

DINARZADE avait tant d'envie d'entendre la fin de l'histoire du jeune prince qu'elle se réveilla cette nuit plus tôt qu'à l'ordinaire. « Ma sœur, dit-elle, si vous ne dormez pas, je vous prie d'achever

---

1. **Tout à l'heure :** en langue classique, cela signifie « immédiatement, tout de suite ».
2. **Concevoir :** comprendre.

Histoire du vizir puni

l'histoire que vous commençâtes hier ; je m'intéresse au sort du jeune prince, et je meurs de peur qu'il ne soit mangé de l'ogresse et de ses enfants. » Schahriar ayant marqué[1] qu'il était dans la même crainte : « Hé bien, Sire, dit la sultane, je vais vous tirer de peine. »

« Après que la fausse princesse des Indes eut dit au jeune prince de se recommander à Dieu, comme il crut qu'elle ne lui parlait pas sincèrement, et qu'elle comptait sur lui comme s'il eût déjà été sa proie, il leva les mains au ciel, et dit : « Seigneur, qui êtes tout-puissant, jetez les yeux sur moi, et me délivrez[2] de cette ennemie. À cette prière, la femme de l'ogre rentra dans la masure, et le prince s'en éloigna avec précipitation. Heureusement il retrouva son chemin, et arriva sain et sauf auprès du roi son père, auquel il raconta de point en point[3] le danger qu'il venait de courir par la faute du grand vizir. Le roi, irrité contre ce ministre, le fit étrangler à l'heure même.

« Sire, poursuivit le vizir du roi grec, pour revenir au médecin Douban, si vous n'y prenez garde, la confiance que vous avez en lui vous sera funeste : je sais de bonne part[4] que c'est un espion envoyé par vos ennemis pour attenter à la vie de[5] Votre Majesté. Il vous a guéri, dites-vous ; eh ! qui peut vous en assurer ? Il ne vous a peut-être guéri qu'en apparence et non radicalement. Que sait-on si ce remède, avec le temps, ne produira pas un effet pernicieux[6] ? »

« Le roi grec, qui avait naturellement fort peu d'esprit, n'eut pas assez de pénétration[7] pour s'apercevoir de la méchante intention de son vizir, ni assez de fermeté pour persister dans son premier sentiment. Ce discours l'ébranla[8]. « Vizir, dit-il, tu as raison ; il peut être venu exprès pour m'ôter la vie ; ce qu'il peut fort bien exécuter par la seule odeur de quelqu'une de ses drogues. Il faut voir ce qu'il est à propos de faire[9] dans cette conjoncture[10]. »

---

1. **Ayant marqué** : ayant montré, ayant fait état.
2. **Et me délivrez** : et délivrez-moi.
3. **De point en point** : dans le détail, étape par étape.
4. **De bonne part** : de source sûre.
5. **Attenter à la vie de** : porter atteinte à la vie de.
6. **Pernicieux** : néfaste.
7. **Pénétration** : intelligence, clairvoyance.
8. **L'ébranla** : le secoua profondément, lui causa du trouble.
9. **Ce qu'il est à propos de faire** : ce qu'il convient de faire.
10. **Conjoncture** : situation.

XVIe nuit

80 « Quand le vizir vit le roi dans la disposition[1] où il le voulait : « Sire, lui dit-il, le moyen le plus sûr et le plus prompt[2] pour assurer votre repos et mettre votre vie en sûreté, c'est d'envoyer chercher tout à l'heure[3] le médecin Douban, et de lui faire couper la tête d'abord qu'il[4] sera arrivé. – Véritablement, reprit le roi, je crois 85 que c'est par là que je dois prévenir son dessein[5]. » En achevant ces paroles, il appela un de ses officiers, et lui ordonna d'aller chercher le médecin, qui, sans savoir ce que le roi lui voulait, courut au palais en diligence[6]. « Sais-tu bien, dit le roi en le voyant, pourquoi je te mande[7] ici ? – Non, Sire, répondit-il, et j'attends que Votre 90 Majesté daigne[8] m'en instruire. – Je t'ai fait venir, reprit le roi, pour me délivrer de toi en te faisant ôter la vie. »

« Il n'est pas possible d'exprimer quel fut l'étonnement du médecin lorsqu'il entendit prononcer l'arrêt de sa mort. « Sire, dit-il, quel sujet peut avoir Votre Majesté de me faire mourir ? Quel crime 95 ai-je commis ? – J'ai appris de bonne part, répliqua le roi, que tu es un espion, et que tu n'es venu dans ma cour que pour attenter à ma vie ; mais, pour te prévenir, je veux te ravir la tienne. Frappe, ajouta-t-il au bourreau qui était présent, et me délivre[9] d'un perfide[10] qui ne s'est introduit ici que pour m'assassiner. »

100 « À cet ordre cruel, le médecin jugea bien que les honneurs et les bienfaits qu'il avait reçus lui avaient suscité des ennemis, et que le faible roi s'était laissé surprendre à leurs impostures[11]. Il se repentait de l'avoir guéri de sa lèpre ; mais c'était un repentir hors de saison[12]. « Est-ce ainsi, lui disait-il, que vous me récompensez du

---

1. **Disposition** : état d'esprit, humeur.
2. **Prompt** : rapide.
3. **Tout à l'heure** : tout de suite.
4. **D'abord qu'il** : dès qu'il.
5. **Prévenir son dessein** : devancer son action pour l'éviter.
6. **En diligence** : avec rapidité, zèle.
7. **Je te mande** : je te fais venir.
8. **Daigne** : accepte de.
9. **Et me délivre** : et délivre-moi.
10. **Perfide** : traître, infidèle.
11. **S'était laissé surprendre à leurs impostures** : s'était laissé tromper par leurs mensonges.
12. **Hors de saison** : qui venait trop tard.

Histoire du vizir puni

bien que je vous ai fait ? » Le roi ne l'écouta pas, et ordonna une seconde fois au bourreau de porter le coup mortel. Le médecin eut recours aux prières. « Hélas ! Sire, s'écria-t-il, prolongez-moi la vie, Dieu prolongera la vôtre ; ne me faites pas mourir, de crainte que Dieu ne vous traite de la même manière. »

Le pêcheur interrompit son discours en cet endroit pour adresser la parole au génie : « Hé bien ! génie, lui dit-il, tu vois que ce qui se passa alors entre le roi grec et le médecin Douban vient tout à l'heure de se passer entre nous deux.

« Le roi grec, continua-t-il, au lieu d'avoir égard à[1] la prière que le médecin venait de lui faire, en le conjurant au nom de Dieu, lui repartit[2] avec dureté : « Non, non, c'est une nécessité absolue que je te fasse périr. Aussi bien pourrais-tu m'ôter la vie plus subtilement[3] encore que tu ne m'as guéri. » Cependant le médecin, fondant en pleurs et se plaignant pitoyablement de se voir si mal payé du service qu'il avait rendu au roi, se prépara à recevoir le coup de la mort. Le bourreau lui banda les yeux, lui lia les mains, et se mit en devoir de tirer son sabre.

« Alors les courtisans qui étaient présents, émus de compassion[4], supplièrent le roi de lui faire grâce[5], assurant qu'il n'était pas coupable et répondant de[6] son innocence. Mais le roi fut inflexible[7], et leur parla de sorte qu'ils n'osèrent lui répliquer.

« Le médecin, étant à genoux, les yeux bandés, et prêt à recevoir le coup qui devait terminer son sort, s'adressa encore une fois au roi : « Sire, lui dit-il, puisque Votre Majesté ne veut point révoquer l'arrêt[8] de ma mort, je la supplie du moins de m'accorder la liberté d'aller jusque chez moi donner ordre à ma sépulture[9], dire le dernier adieu à ma famille, faire des aumônes[10], et léguer mes livres à

---

1. **Avoir égard à :** prendre en compte.
2. **Repartit :** répondit.
3. **Subtilement :** sournoisement.
4. **Compassion :** pitié.
5. **De lui faire grâce :** de l'épargner.
6. **Répondant de :** certifiant, garantissant.
7. **Inflexible :** inébranlable.
8. **Révoquer l'arrêt :** revenir sur la décision.
9. **Donner ordre à ma sépulture :** organiser la cérémonie funéraire.
10. **Faire des aumônes :** faire des dons charitables.

XVIe nuit

des personnes capables d'en faire un bon usage. J'en ai un, entre autres, dont je veux faire présent à Votre Majesté : c'est un livre fort précieux et très digne d'être soigneusement gardé dans votre trésor. — Et pourquoi ce livre est-il aussi précieux que tu le dis ? répliqua le roi. — Sire, repartit le médecin, c'est qu'il contient une infinité de choses curieuses[1], dont la principale est que, quand on m'aura coupé la tête, si Votre Majesté veut bien se donner la peine d'ouvrir le livre au sixième feuillet et lire la troisième ligne de la page à main gauche, ma tête répondra à toutes les questions que vous voudrez lui faire. » Le roi, curieux de voir une chose si merveilleuse, remit sa mort au lendemain, et l'envoya chez lui sous bonne garde.

« Le médecin, pendant ce temps-là, mit ordre à ses affaires ; et, comme le bruit s'était répandu qu'il devait arriver un prodige inouï après son trépas[2], les vizirs, les émirs[3], les officiers de la garde[4], enfin toute la cour se rendit le jour suivant dans la salle d'audience pour en être témoin.

« On vit bientôt paraître le médecin Douban, qui s'avança jusqu'au pied du trône royal avec un gros livre à la main. Là, il se fit apporter un bassin[5], sur lequel il étendit la couverture dont le livre était enveloppé ; et, présentant le livre au roi : « Sire, dit-il, prenez, s'il vous plaît, ce livre ; et, d'abord que[6] ma tête sera coupée, commandez qu'on la pose dans le bassin sur la couverture du livre ; dès qu'elle y sera, le sang cessera d'en couler : alors vous ouvrirez le livre, et ma tête répondra à toutes vos demandes. Mais, Sire, ajouta-t-il, permettez-moi d'implorer encore une fois la clémence[7] de Votre Majesté. Au nom de Dieu, laissez-vous fléchir[8] ; je vous proteste que[9] je suis innocent. — Tes prières, répondit le roi, sont

---

1. **Choses curieuses :** choses qui ne sont connues que par des initiés.
2. **Trépas :** mort.
3. **Les vizirs, les émirs :** les ministres, les princes.
4. **Les officiers de la garde :** les hommes chargés de servir le roi.
5. **Bassin :** bassine.
6. **D'abord que :** dès que.
7. **La clémence :** le pardon.
8. **Fléchir :** convaincre.
9. **Je vous proteste que :** je vous assure que.

Histoire du vizir puni

inutiles ; et, quand ce ne serait que pour entendre parler ta tête après ta mort, je veux que tu meures. » En disant cela, il prit le livre des mains du médecin, et ordonna au bourreau de faire son devoir.

« La tête fut coupée si adroitement qu'elle tomba dans le bassin ; et elle fut à peine posée sur la couverture que le sang s'arrêta. Alors, au grand étonnement du roi et de tous les spectateurs, elle ouvrit les yeux ; et, prenant la parole : « Sire, dit-elle, que Votre Majesté ouvre le livre. » Le roi l'ouvrit ; et, trouvant que le premier feuillet était comme collé contre le second, pour le tourner avec plus de facilité, il porta le doigt à sa bouche et le mouilla de sa salive. Il fit la même chose jusqu'au sixième feuillet, et, ne voyant pas d'écriture à la page indiquée : « Médecin, dit-il à la tête, il n'y a rien d'écrit. – Tournez encore quelques feuillets », repartit la tête. Le roi continua d'en tourner, en portant toujours le doigt à sa bouche, jusqu'à ce que, le poison dont chaque feuillet était imbu[1] venant à faire son effet, ce prince se sentit tout à coup agité d'un transport[2] extraordinaire ; sa vue se troubla, et il se laissa tomber au pied de son trône avec de grandes convulsions... »

À ces mots, Schéhérazade, apercevant le jour, en avertit le sultan, et cessa de parler. « Ah ! ma chère sœur ! dit alors Dinarzade, que je suis fâchée que vous n'ayez pas le temps d'achever cette histoire ! Je serais inconsolable si vous perdiez la vie aujourd'hui. – Ma sœur, répondit la sultane, il en sera ce qu'il plaira au sultan ; mais il faut espérer qu'il aura la bonté de suspendre ma mort jusqu'à demain[3]. » Effectivement, Schahriar, loin d'ordonner son trépas ce jour-là, attendit la nuit prochaine avec impatience, tant il avait d'envie d'apprendre la fin de l'histoire du roi grec, et la suite de celle du pêcheur et du génie.

---

1. **Imbu :** imbibé, imprégné.
2. **Agité d'un transport :** pris de convulsion.
3. **Suspendre ma mort jusqu'à demain :** repousser ma mort jusqu'à demain.

XVIIe nuit

QUELQUE curiosité qu'eût Dinarzade d'entendre le reste de l'histoire du roi grec, elle ne se réveilla pas cette nuit de si bonne heure qu'à l'ordinaire ; il était même presque jour, lorsqu'elle dit à la sultane : « Ma chère sœur, je vous prie de continuer la merveilleuse histoire du roi grec ; mais hâtez-vous, de grâce, car le jour paraîtra bientôt. »

Schéhérazade reprit aussitôt cette histoire à l'endroit où elle l'avait laissée le jour précédent.

Sire, dit-elle, quand le médecin Douban, ou, pour mieux dire, sa tête, vit que le poison faisait son effet et que le roi n'avait plus que quelques moments à vivre : « Tyran[1], s'écria-t-elle, voilà de quelle manière sont traités les princes qui, abusant de leur autorité, font périr les innocents. Dieu punit tôt ou tard leurs injustices et leurs cruautés. » La tête eut à peine achevé ces paroles que le roi tomba mort et qu'elle perdit elle-même aussi le peu de vie qui lui restait.

« Sire, poursuivit Schéhérazade, telle fut la fin du roi grec et du médecin Douban. Il faut présentement venir à l'histoire du pêcheur et du génie ; mais ce n'est pas la peine de commencer, car il est jour. » Le sultan, de qui toutes les heures étaient réglées, ne pouvant l'écouter plus longtemps, se leva ; et, comme il voulait absolument entendre la suite de l'histoire du génie et du pêcheur, il avertit la sultane de se préparer à la lui raconter la nuit suivante.

XVIIIe nuit

DINARZADE se dédommagea cette nuit de la précédente[2] ; elle se réveilla longtemps avant le jour, et, appelant Schéhérazade :

---

1. **Tyran** : roi qui abuse de son pouvoir, despote, oppresseur.
2. **Se dédommagea cette nuit de la précédente** : rattrapa cette nuit la perte de temps de la précédente.

Histoire du vizir puni

« Ma sœur, lui dit-elle, si vous ne dormez pas, je vous supplie de nous raconter la suite de l'histoire du pêcheur et du génie. Vous savez que le sultan souhaite autant que moi de l'entendre. – Je vais, répondit la sultane, contenter sa curiosité et la vôtre. » Alors, s'adressant à Schahriar :

Sire, poursuivit-elle, sitôt que le pêcheur eut fini l'histoire du roi grec et du médecin Douban, il en fit l'application[1] au génie qu'il tenait toujours enfermé dans le vase.

« Si le roi grec, lui dit-il, eût voulu laisser vivre le médecin, Dieu l'aurait aussi laissé vivre lui-même ; mais il rejeta ses plus humbles[2] prières, et Dieu l'en punit. Il en est de même de toi, ô génie ! Si j'avais pu te fléchir[3] et obtenir de toi la grâce que je te demandais, j'aurais présentement[4] pitié de l'état où tu es ; mais, puisque, malgré l'extrême obligation que tu m'avais de[5] t'avoir mis en liberté, tu as persisté dans la volonté de me tuer, je dois, à mon tour, être impitoyable. Je vais, en te laissant dans ce vase et en te rejetant à la mer, t'ôter l'usage de la vie jusqu'à la fin des temps : c'est la vengeance que je prétends tirer de toi[6].

– Pêcheur mon ami, répondit le génie, je te conjure encore une fois de ne pas faire une si cruelle action. Songe qu'il n'est pas honnête de se venger, et qu'au contraire il est louable[7] de rendre le bien pour le mal[8] ; ne me traite pas comme Imma traita autrefois Ateca[9]. – Et que fit Imma à Ateca ? répliqua le pêcheur. – Oh ! si tu souhaites de le savoir, repartit le génie, ouvre-moi ce vase : crois-tu que je sois en humeur de faire des contes dans une prison si étroite ? Je t'en ferai tant que tu voudras quand tu m'auras

---

1. **Il en fit l'application** : il en tira les conséquences, il la mit en pratique sur.
2. **Humbles** : modestes, petites.
3. **Fléchir** : convaincre, attendrir.
4. **Présentement** : à présent, maintenant.
5. **Malgré l'extrême obligation que tu m'avais de** : malgré la reconnaissance que tu me devais pour.
6. **La vengeance que je prétends tirer de toi** : la vengeance que je prétends avoir sur toi.
7. **Louable** : digne d'estime, de louanges.
8. **Rendre le bien pour le mal** : répondre au mal par le bien, ce qui équivaut au « si l'on t'offense, tends l'autre joue ».
9. **Imma [...] Atteca** : figures de la tradition musulmane. Atteca, épouse exemplaire, fut contrainte à divorcer.

XVIIIᵉ nuit

tiré d'ici. – Non, dit le pêcheur, je ne te délivrerai pas ; c'est trop raisonner, je vais te précipiter au fond de la mer. – Encore un mot, pêcheur, s'écria le génie ; je te promets de ne te faire aucun mal ; bien éloigné de cela, je t'enseignerai un moyen de devenir puissamment riche. »

L'espérance de se tirer de la pauvreté désarma[1] le pêcheur. « Je pourrais t'écouter, dit-il, s'il y avait quelque fond à faire sur ta parole[2] : jure-moi par le grand nom de Dieu que tu feras de bonne foi ce que tu dis, et je vais t'ouvrir le vase. Je ne crois pas que tu sois assez hardi pour violer un pareil serment. » Le génie le fit, et le pêcheur ôta aussitôt le couvercle du vase. Il en sortit à l'instant de la fumée ; et, le génie ayant repris sa forme de la même manière qu'auparavant, la première chose qu'il fit fut de jeter, d'un coup de pied, le vase dans la mer. Cette action effraya le pêcheur. « Génie, dit-il, qu'est-ce que cela signifie ? Ne voulez-vous pas garder le serment que vous venez de faire ? et dois-je vous dire ce que le médecin Douban disait au roi grec : « Laissez-moi vivre, et Dieu prolongera vos jours. »

La crainte du pêcheur fit rire le génie, qui lui répondit : « Non, pêcheur, rassure-toi ; je n'ai jeté le vase que pour me divertir et voir si tu en serais alarmé, et, pour te persuader que je te veux tenir parole, prends tes filets et me suis[3]. » En prononçant ces mots, il se mit à marcher devant le pêcheur, qui, chargé de ses filets, le suivit avec quelque sorte de défiance[4]. Ils passèrent devant la ville, et montèrent au haut d'une montagne d'où ils descendirent dans une vaste plaine qui les conduisit à un grand étang situé entre quatre collines.

Lorsqu'ils furent arrivés au bord de l'étang, le génie dit au pêcheur : « Jette tes filets, et prends du poisson. » Le pêcheur ne douta point qu'il n'en prît[5], car il en vit une grande quantité dans l'étang ; mais ce qui le surprit extrêmement, c'est qu'il remarqua

---

1. **Désarma** : fléchit, vainquit les réticences.
2. **S'il y avait quelque fond à faire sur ta parole** : si l'on pouvait faire confiance à ta parole.
3. **Et me suis** : et suis-moi.
4. **Défiance** : méfiance extrême, soupçon.
5. **Ne douta point qu'il n'en prît** : ne douta point d'en prendre, était sûr qu'il en prendrait.

Histoire du vizir puni

qu'il y en avait de quatre couleurs différentes, c'est-à-dire, de blancs, de rouges, de bleus et de jaunes. Il jeta ses filets, et en amena quatre dont chacun était d'une de ces couleurs. Comme il n'en avait jamais vu de pareils, il ne pouvait se lasser de les admirer, et, jugeant qu'il en pourrait tirer une somme assez considérable, il en avait beaucoup de joie. « Emporte ces poissons, lui dit le génie, et va les présenter à ton sultan ; il t'en donnera plus d'argent que tu n'en as manié en toute ta vie. Tu pourras venir tous les jours pêcher en cet étang ; mais je t'avertis de ne jeter tes filets qu'une fois chaque jour ; autrement il t'en arrivera du mal, prends-y garde. C'est l'avis que je te donne : si tu le suis exactement, tu t'en trouveras bien. » En disant cela, il frappa du pied la terre, qui s'ouvrit et se referma après l'avoir englouti.

Le pêcheur, résolu de suivre de point en point[1] les conseils du génie, se garda bien de[2] jeter une seconde fois ses filets. Il reprit le chemin de la ville, fort content de sa pêche, et faisant mille réflexions sur son aventure. Il alla droit au palais du sultan pour lui présenter ses poissons…

« Mais, Sire, dit Schéhérazade, j'aperçois le jour ; il faut que je m'arrête en cet endroit. — Ma sœur, dit alors Dinarzade, que les derniers événements que vous venez de raconter sont surprenants ! J'ai de la peine à croire que vous puissiez désormais nous en apprendre d'autres qui le soient davantage. — Ma chère sœur, répondit la sultane, si le sultan mon maître me laisse vivre jusqu'à demain, je suis persuadée que vous trouverez la suite de l'histoire du pêcheur encore plus merveilleuse que le commencement et incomparablement plus agréable. » Schahriar, curieux de voir si le reste de l'histoire du pêcheur était tel que la sultane le promettait, différa[3] encore l'exécution de la loi cruelle qu'il s'était faite.

---

1. **De point en point** : complètement, point par point.
2. **Se garda bien de** : s'empêcha de.
3. **Différa** : repoussa.

XIXe nuit

Vers la fin de la dix-neuvième nuit, Dinarzade appela la sultane et lui dit : « Ma sœur, si vous ne dormez pas, je vous supplie, en attendant le jour qui paraîtra bientôt, de me raconter la suite de l'histoire du pêcheur ; je suis dans une extrême impatience de l'entendre. » Schéhérazade, avec la permission du sultan, la reprit aussitôt de cette sorte :

Sire, je laisse à penser à Votre Majesté quelle fut la surprise du sultan lorsqu'il vit les quatre poissons que le pêcheur lui présenta. Il les prit l'un après l'autre pour les considérer avec attention ; et, après les avoir admirés assez longtemps : « Prenez ces poissons, dit-il à son premier vizir, et les portez[1] à l'habile cuisinière que l'empereur des Grecs m'a envoyée ; je m'imagine qu'ils ne seront pas moins bons qu'ils sont beaux. » Le vizir les porta lui-même à la cuisinière, et, les lui remettant entre les mains : « Voilà, lui dit-il, quatre poissons qu'on vient d'apporter au sultan ; il vous ordonne de les lui apprêter[2]. » Après s'être acquitté de cette commission, il retourna vers le sultan son maître, qui le chargea de donner au pêcheur quatre cents pièces d'or de sa monnaie ; ce qu'il exécuta très fidèlement. Le pêcheur, qui n'avait jamais possédé une si grosse somme à la fois, concevait à peine son bonheur[3], et le regardait comme[4] un songe. Mais il connut dans la suite qu'il était réel par le bon usage qu'il en fit, en l'employant aux besoins de sa famille.

Mais, Sire, poursuivit Schéhérazade, après vous avoir parlé du pêcheur, il faut vous parler aussi de la cuisinière du sultan, que nous allons trouver dans un grand embarras. D'abord qu'elle eut nettoyé les poissons que le vizir lui avait donnés, elle les mit sur le feu dans une casserole avec de l'huile pour les frire. Lorsqu'elle les crut assez cuits d'un côté, elle les tourna de l'autre. Mais, ô prodige

---

1. **Et les portez :** et portez-les.
2. **Apprêter :** préparer.
3. **Concevait à peine son bonheur :** avait peine à croire à son bonheur.
4. **Le regardait comme :** le considérait comme.

Histoire du vizir puni

inouï ! à peine furent-ils tournés que le mur de la cuisine s'entrouvrit. Il en sortit une jeune dame d'une beauté admirable et d'une taille avantageuse ; elle était habillée d'une étoffe de satin à fleurs façon d'Égypte, avec des pendants d'oreilles, un collier de grosses perles et des bracelets d'or garnis de rubis, et elle tenait une baguette de myrte à la main. Elle s'approcha de la casserole, au grand étonnement de la cuisinière qui demeura immobile à cette vue, et, frappant un des poissons du bout de sa baguette : *Poisson, poisson,* dit-elle, *es-tu dans ton devoir ?* Le poisson n'ayant rien répondu, elle répéta les mêmes paroles, et alors les quatre poissons levèrent la tête tous ensemble et lui dirent très distinctement : *Oui, oui ; si vous comptez, nous comptons ; si vous payez vos dettes, nous payons les nôtres ; si vous fuyez, nous vainquons et nous sommes contents.* Dès qu'ils eurent achevé ces mots, la jeune dame renversa la casserole et rentra dans l'ouverture du mur qui se referma aussitôt et se remit au même état qu'il était auparavant.

La cuisinière, que toutes ces merveilles avaient épouvantée, étant revenue de sa frayeur, alla relever les poissons qui étaient tombés sur la braise ; mais elle les trouva plus noirs que du charbon et hors d'état d'être servis au sultan. Elle en eut une vive douleur, et, se mettant à pleurer de toute sa force : « Hélas ! disait-elle, que vais-je devenir ? Quand je conterai au sultan ce que j'ai vu, je suis assurée qu'il ne me croira point ; dans quelle colère ne sera-t-il pas contre moi ! »

Pendant qu'elle s'affligeait ainsi, le grand-vizir entra, et lui demanda si les poissons étaient prêts. Elle lui raconta tout ce qui était arrivé ; et ce récit, comme on le peut penser, l'étonna fort ; mais, sans en parler au sultan, il inventa une excuse qui le contenta. Cependant il envoya chercher le pêcheur à l'heure même ; et, quand il fut arrivé : « Pêcheur, lui dit-il, apporte-moi quatre autres poissons qui soient semblables à ceux que tu as déjà apportés, car il est survenu certain malheur qui a empêché qu'on ne les ait servis au sultan. » Le pêcheur ne lui dit pas ce que le génie lui avait recommandé ; mais, pour se dispenser de fournir ce jour-là les poissons qu'on lui demandait, il s'excusa sur la longueur du chemin, et promit de les apporter le lendemain matin.

Effectivement, le pêcheur partit durant la nuit et se rendit à l'étang. Il y jeta ses filets, et, les ayants retirés, il y trouva quatre poissons qui étaient, comme les autres, chacun d'une couleur différente. Il s'en retourna aussitôt, et les porta au grand-vizir dans le temps qu'il les lui avait promis. Ce ministre les prit et les emporta lui-même encore dans la cuisine, où il s'enferma seul avec la cuisinière qui commença à les habiller devant lui et qui les mit sur le feu comme elle avait fait des quatre autres le jour précédent. Lorsqu'ils furent cuits d'un côté et qu'elle les eut tournés de l'autre, le mur de la cuisine s'entrouvrit encore, et la même dame parut avec sa baguette à la main ; elle s'approcha de la casserole, frappa un des poissons, lui adressa les mêmes paroles, et ils lui firent tous la même réponse en levant la tête.

« Mais, Sire, ajouta Schéhérazade en se reprenant, voilà le jour qui paraît et qui m'empêche de continuer cette histoire. Les choses que je viens de vous dire sont, à la vérité, très singulières ; mais, si je suis en vie demain, je vous en dirai d'autres qui sont encore plus dignes de votre attention. » Schahriar, jugeant bien que la suite devait être fort curieuse, résolut de l'entendre la nuit suivante.

XXe nuit

« MA CHÈRE SŒUR, s'écria Dinarzade, suivant sa coutume, si vous ne dormez pas, je vous prie de poursuivre et d'achever le beau conte du pêcheur. » La sultane prit aussitôt la parole, et parla dans ces termes :

Sire, après que les quatre poissons eurent répondu à la jeune dame, elle renversa encore la casserole d'un coup de baguette et se retira dans le même endroit de la muraille d'où elle était sortie. Le grand-vizir, ayant été témoin de ce qui s'était passé : « Cela est trop surprenant, dit-il, et trop extraordinaire pour en faire un mystère au sultan, je vais de ce pas l'informer de ce prodige. » En même temps il l'alla trouver et lui en fit un rapport fidèle.

Le sultan, fort surpris, marqua beaucoup d'empressement de voir cette merveille. Pour cet effet, il envoya chercher le pêcheur. « Mon ami, lui dit-il, ne pourrais-tu pas m'apporter encore quatre pois-

Histoire du vizir puni

sons de diverses couleurs ? » Le pêcheur répondit au sultan que, si Sa Majesté voulait lui accorder trois jours pour faire ce qu'elle désirait, il se promettait de la contenter. Les ayant obtenus, il alla à l'étang pour la troisième fois, et il ne fut pas moins heureux que les deux autres : car, du premier coup de filet, il prit quatre poissons de couleur différente. Il ne manqua pas de les porter à l'heure même au sultan, qui en eut d'autant plus de joie qu'il ne s'attendait pas à les avoir sitôt, et qui lui fit donner encore quatre cents pièces d'or de sa monnaie.

D'abord que le sultan eut les poissons, il les fit porter dans son cabinet avec tout ce qui était nécessaire pour les faire cuire. Là, s'étant enfermé avec son grand-vizir, ce ministre les habilla, les mit ensuite sur le feu dans une casserole, et, quand ils furent cuits d'un côté, il les retourna de l'autre. Alors le mur du cabinet s'entrouvrit ; mais, au lieu de la jeune dame, ce fut un noir qui en sortit. Ce noir avait un habillement d'esclave ; il était d'une grosseur et d'une grandeur gigantesques, et tenait un gros bâton vert à la main. Il s'avança jusqu'à la casserole, et, touchant de son bâton un des poissons, il lui dit d'une voix terrible : *Poisson, poisson, es-tu dans ton devoir ?* À ces mots, les poissons levèrent la tête et répondirent : *Oui, oui, nous y sommes ; si vous comptez, nous comptons ; si vous payez vos dettes, nous payons les nôtres ; si vous fuyez, nous vainquons et nous sommes contents.*

Les poissons eurent à peine achevé ces paroles que le noir renversa la casserole au milieu du cabinet et réduisit les poissons en charbon. Cela étant fait, il se retira fièrement et rentra dans l'ouverture du mur, qui se referma et qui parut dans le même état qu'auparavant. « Après ce que je viens de voir, dit le sultan à son grand-vizir, il ne me sera pas possible d'avoir l'esprit en repos. Ces poissons, sans doute, signifient quelque chose d'extraordinaire dont je veux être éclairci. » Il envoya chercher le pêcheur ; on le lui amena. « Pêcheur, lui dit-il, les poissons que tu nous as apportés me causent bien de l'inquiétude. En quel endroit les as-tu pêchés ? – Sire, répondit-il, je les ai pêchés dans un étang qui est situé entre quatre collines, au-delà de la montagne que l'on voit d'ici. – Connaissez-vous cet étang ? dit le sultan au vizir. – Non, Sire, répondit le vizir, je n'en ai jamais ouï parler ; il y a pourtant soixante ans que je chasse aux environs et au-delà de cette mon-

XXe nuit

tagne. » Le sultan demanda au pêcheur à quelle distance de son palais était l'étang ; le pêcheur assura qu'il n'y avait pas plus de trois heures de chemin. Sur cette assurance, et comme il restait encore assez de jour pour y arriver avant la nuit, le sultan commanda à toute sa cour de monter à cheval, et le pêcheur leur servit de guide.

Ils montèrent tous la montagne, et à la descente ils virent avec beaucoup de surprise une vaste plaine que personne n'avait remarquée jusqu'alors. Enfin, ils arrivèrent à l'étang, qu'ils trouvèrent effectivement situé entre quatre collines comme le pêcheur l'avait rapporté. L'eau en était si transparente qu'ils remarquèrent que tous les poissons étaient semblables à ceux que le pêcheur avait apportés au palais.

Le sultan s'arrêta sur le bord de l'étang, et, après avoir quelque temps regardé les poissons avec admiration, il demanda à ses émirs et à tous ses courtisans s'il était possible qu'ils n'eussent pas encore vu cet étang, qui était si peu éloigné de la ville. Ils lui répondirent qu'ils n'en avaient jamais entendu parler. « Puisque vous convenez tous, leur dit-il, que vous n'en avez jamais ouï parler, et que je ne suis pas moins étonné que vous de cette nouveauté, je suis résolu de ne pas rentrer dans mon palais que je n'aie su pour quelle raison cet étang se trouve ici, et pourquoi il n'y a dedans que des poissons de quatre couleurs. » Après avoir dit ces paroles, il ordonna de camper, et aussitôt son pavillon et les tentes de sa maison furent dressés sur les bords de l'étang.

À l'entrée de la nuit, le sultan, retiré sous son pavillon, parla en particulier à son grand-vizir et lui dit : « Vizir, j'ai l'esprit dans une étrange inquiétude : cet étang transporté dans ces lieux, ce noir qui nous est apparu dans mon cabinet, ces poissons que nous avons entendus parler, tout cela irrite tellement ma curiosité que je ne puis résister à l'impatience de la satisfaire. Pour cet effet, je médite un dessein que je veux absolument exécuter. Je vais seul m'éloigner de ce camp ; je vous ordonne de tenir mon absence secrète ; demeurez sous mon pavillon, et demain matin, quand mes émirs et mes courtisans se présenteront à l'entrée, renvoyez-les en leur disant que j'ai une légère indisposition et que je veux être seul. Les jours suivants, vous continuerez de leur dire la même chose jusqu'à ce que je sois de retour. »

Histoire du vizir puni

Le grand-vizir dit plusieurs choses au sultan pour tâcher de le détourner de son dessein : il lui représenta le danger auquel il s'exposait et la peine qu'il allait prendre peut-être inutilement. Mais il eut beau épuiser son éloquence, le sultan ne quitta point sa résolution et se prépara à l'exécuter. Il prit un habillement commode pour marcher à pied ; il se munit d'un sabre, et, dès qu'il vit que tout était tranquille dans son camp, il partit sans être accompagné de personne.

Il tourna ses pas vers une des collines, qu'il monta sans beaucoup de peine. Il en trouva la descente encore plus aisée, et, lorsqu'il fut dans la plaine, il marcha jusqu'au lever du soleil. Alors, apercevant de loin devant lui un grand édifice, il s'en réjouit dans l'espérance d'y pouvoir apprendre ce qu'il voulait savoir. Quand il en fut près, il remarqua que c'était un palais magnifique, ou plutôt un château très fort, d'un beau marbre noir poli et couvert d'un acier fin et uni comme une glace de miroir. Ravi de n'avoir pas été longtemps sans rencontrer quelque chose digne au moins de sa curiosité, il s'arrêta devant la façade du château et la considéra avec beaucoup d'attention.

Il s'avança ensuite jusqu'à la porte, qui était à deux battants, dont l'un était ouvert. Quoiqu'il lui fût libre d'entrer, il crut néanmoins devoir frapper. Il frappa un coup assez légèrement et attendit quelque temps ; mais, ne voyant venir personne, il s'imagina qu'on ne l'avait point entendu ; c'est pourquoi il frappa un second coup plus fort ; mais, ne voyant ni n'entendant personne, il redoubla ; personne ne parut encore. Cela le surprit extrêmement, car il ne pouvait penser qu'un château si bien entretenu fût abandonné. « S'il n'y a personne, disait-il en lui-même, je n'ai rien à craindre ; et, s'il y a quelqu'un, j'ai de quoi me défendre. »

Enfin le sultan entra, et, s'avançant sous le vestibule : « N'y a-t-il personne ici, s'écria-t-il, pour recevoir un étranger qui aurait besoin de se rafraîchir en passant ? » Il répéta la même chose deux ou trois fois ; mais, quoiqu'il parlât fort haut, personne ne lui répondit. Ce silence augmenta son étonnement. Il passa dans une cour très spacieuse, et, regardant de tous côtés pour voir s'il ne découvrirait point quelqu'un, il n'aperçut pas le moindre être vivant...

« Mais, Sire, dit Schéhérazade en cet endroit, le jour qui paraît vient m'imposer silence. – Ah ! ma sœur, dit Dinarzade, vous nous laissez au plus bel endroit ! – Il est vrai, répondit la sultane ; mais, ma sœur, vous en voyez la nécessité. Il ne tiendra qu'au sultan mon seigneur que vous entendiez le reste demain. » Ce ne fut pas tant pour faire plaisir à Dinarzade que Schahriar laissa vivre encore la sultane que pour contenter la curiosité qu'il avait d'apprendre ce qui se passerait dans ce château.

XXIᵉ nuit

DINARZADE ne fut pas paresseuse à réveiller la sultane sur la fin de cette nuit. « Ma chère sœur, lui dit-elle, si vous ne dormez pas, je vous prie, en attendant le jour qui paraîtra bientôt, de nous raconter ce qui se passa dans ce beau château où vous nous laissâtes hier. » Schéhérazade reprit aussitôt le conte du jour précédent ; et, s'adressant toujours à Schahriar :

Sire, dit-elle, le sultan, ne voyant donc personne dans la cour où il était, entra dans de grandes salles dont les tapis de pied étaient de soie, les estrades et les sofas couverts d'étoffe de la Mecque, et les portières, des plus riches étoffes des Indes relevées d'or et d'argent. Il passa ensuite dans un salon merveilleux, au milieu duquel il y avait un grand bassin avec un lion d'or massif à chaque coin. Les quatre lions jetaient de l'eau par la gueule, et cette eau, en tombant, formait des diamants et des perles ; ce qui n'accompagnait pas mal un jet d'eau qui, s'élançant du milieu du bassin, allait presque frapper le fond d'un dôme peint à l'arabesque.

Le château, de trois côtés, était environné d'un jardin que les parterres, les pièces d'eau, les bosquets et mille autres agréments concouraient à embellir ; et ce qui achevait de rendre ce lieu admirable, c'était une infinité d'oiseaux qui y remplissaient l'air de leurs chants harmonieux, et qui y faisaient toujours leur demeure, parce que les filets tendus au-dessus des arbres et du palais les empêchaient d'en sortir.

Le sultan se promena longtemps d'appartements en appartements, où tout lui parut grand et magnifique. Lorsqu'il fut las de

Histoire du vizir puni

marcher, il s'assit dans un cabinet ouvert qui avait vue sur le jardin ; et là, rempli de tout ce qu'il avait déjà vu et de tout ce qu'il voyait encore, il faisait des réflexions sur tous ces différents objets, quand tout à coup une voix plaintive, accompagnée de cris lamentables, vint frapper son oreille. Il écouta avec attention, et il entendit distinctement ces tristes paroles : *Ô fortune, qui n'as pu me laisser jouir longtemps d'un heureux sort et qui m'as rendu le plus infortuné de tous les hommes, cesse de me persécuter, et viens, par une prompte mort, mettre fin à mes douleurs ! Hélas ! est-il possible que je sois encore en vie après tous les tourments que j'ai soufferts ?*

Le sultan, touché de ces pitoyables plaintes, se leva pour aller du côté d'où elles étaient parties. Lorsqu'il fut à la porte d'une grande salle, il ouvrit la portière, et vit un jeune homme bien fait, et très richement vêtu, qui était assis sur un trône un peu élevé de terre. La tristesse était peinte sur son visage. Le sultan s'approcha de lui et le salua. Le jeune homme lui rendit son salut en lui faisant une inclination de tête fort basse ; et, comme il ne se levait pas : « Seigneur, dit-il au sultan, je juge bien que vous méritez que je me lève pour vous recevoir et vous rendre tous les honneurs possibles ; mais une raison si forte s'y oppose que vous ne devez pas m'en savoir mauvais gré. – Seigneur, lui répondit le sultan, je vous suis fort obligé de la bonne opinion que vous avez de moi. Quant au sujet que vous avez de ne pas vous lever, quelle que puisse être votre excuse, je la reçois de fort bon cœur. Attiré par vos plaintes, pénétré de vos peines, je viens vous offrir mon secours. Plût à Dieu qu'il dépendît de moi d'apporter du soulagement à vos maux ! je m'y emploierais de tout mon pouvoir. Je me flatte que vous voudrez bien me raconter l'histoire de vos malheurs ; mais, de grâce, apprenez-moi auparavant ce que signifie cet étang qui est près d'ici, et où l'on voit des poissons de quatre couleurs différentes ; ce que c'est que ce château ; pourquoi vous vous y trouvez, et d'où vient que vous y êtes seul. » Au lieu de répondre à ces questions, le jeune homme se mit à pleurer amèrement. *Que la fortune est inconstante !* s'écria-t-il. *Elle se plaît à abaisser les hommes qu'elle a élevés. Où sont ceux qui jouissent tranquillement d'un bonheur qu'ils tiennent d'elle et dont les jours sont toujours purs et sereins ?*

Le sultan, touché de compassion de le voir en cet état, le pria très instamment de lui dire le sujet d'une si grande douleur. « Hélas !

Seigneur, lui répondit le jeune homme, comment pourrais-je n'être pas affligé, et le moyen que mes yeux ne soient pas des sources intarissables de larmes ? » À ces mots, ayant levé sa robe, il fit voir au sultan qu'il n'était homme que depuis la tête jusqu'à la ceinture, et que l'autre moitié de son corps était de marbre noir...

En cet endroit, Schéhérazade interrompit son discours pour faire remarquer au sultan des Indes que le jour paraissait. Schahriar fut tellement charmé de ce qu'il venait d'entendre, et il se sentit si fort attendri en faveur de Schéhérazade, qu'il résolut de la laisser vivre pendant un mois. Il se leva néanmoins à son ordinaire sans lui parler de sa résolution.

XXIIᵉ nuit

DINARZADE avait tant d'impatience d'entendre la suite du conte de la nuit précédente qu'elle appela sa sœur de fort bonne heure. « Ma chère sœur, lui dit-elle, si vous ne dormez pas, je vous supplie de continuer le merveilleux conte que vous ne pûtes achever hier. – J'y consens », répondit la sultane, écoutez-moi :

Vous jugez bien, poursuivit-elle, que le sultan fut étrangement étonné quand il vit l'état déplorable où était le jeune homme. « Ce que vous me montrez là, lui dit-il, en me donnant de l'horreur, irrite ma curiosité ; je brûle d'apprendre votre histoire, qui doit être, sans doute, fort étrange, et je suis persuadé que l'étang et les poissons y ont quelque part : ainsi je vous conjure de me la raconter ; vous y trouverez quelque sorte de consolation, puisqu'il est certain que les malheureux trouvent une espèce de soulagement à conter leurs malheurs. – Je ne veux pas vous refuser cette satisfaction, repartit le jeune homme, quoique je ne puisse vous la donner sans renouveler mes vives douleurs ; mais je vous avertis par avance de préparer vos oreilles, votre esprit et vos yeux même à des choses qui surpassent tout ce que l'imagination peut concevoir de plus extraordinaire. »

Clefs d'analyse

Histoire du vizir puni

Action et personnages

1. Qu'est-ce qu'un vizir ? À quel type de personnage avons-nous affaire ?
2. De quelle mission est chargé ce vizir ? La remplit-il comme il devrait ? Quelles en sont les conséquences ?
3. Qui risque sa vie et qui est puni dans cette histoire ?
4. Qu'est-ce qu'un ogre ? Pourquoi en trouve-t-on dans *Les Mille et Une Nuits* ? Dans quel autre type d'histoires en rencontre-t-on ?
5. Comment le vizir du roi grec finit-il par le convaincre de mettre à mort le médecin Douban ?
6. Quelle leçon le roi grec est-il censé tirer du récit de son vizir ?
7. Quels sont les prétextes qu'utilise le médecin Douban pour retarder son exécution ? En quoi met-il en pratique le proverbe du « tel est pris qui croyait prendre » ?
8. Qu'est-ce que toute cette histoire révèle du caractère du roi grec ? Que devrait en penser Schahriar ?
9. Comment se termine l'histoire entre les personnages du génie et du pêcheur ?

Langue

10. Que dire des moments auxquels Schéhérazade interrompt son récit ?
11. Quel est l'effet recherché par les arrêts de la conteuse ?
12. Pourquoi Dinarzade relance-t-elle les narrations avec tant d'enthousiasme ? Qu'est-ce que ce jeu entre les deux femmes révèle sur la nature du conte et sa poétique ?

Genre ou thèmes

13. Pensez à des textes qui évoquent le méchant puni, le trompeur trompé. En quoi ce conte est-il moral ? Comment énonceriez-vous cette morale ?

Clefs d'analyse Histoire du vizir puni

14. A-t-on toujours tort de faire confiance à autrui comme le pense le vizir ou le roi grec ? Qui leur donne tort à la fin de l'histoire ?
15. Quelle leçon devrait tirer Schahriar de ce récit ? Montrez les bienfaits de la clémence et du pardon.

Écriture

16. Le génie dit au pêcheur : « Songe qu'il n'est pas honnête de se venger, et qu'au contraire il est louable de rendre le bien pour le mal ». Débattez à ce sujet de manière argumentée.
17. Écrivez un dialogue entre un condamné à mort et celui qui a décidé de sa sentence de mort.

Pour aller plus loin

18. Quelle vertu est récompensée dans l'attitude finale du pêcheur ? En quoi cette série de contes enchâssés est-elle une réflexion sur la notion de justice et de vengeance ? Est-ce une thématique de conte ?
19. La symbolique du conte implique une partition du bien et du mal entre les personnages. Qui sont les gentils et les méchants dans ces histoires ? Pensez-vous que la littérature en général permette d'être si clair sur la notion de bien ? Citez des œuvres qui vous semblent ambiguës à ce sujet.

✳ À retenir

Ce récit clôt une série d'histoires enchâssées. La leçon finale est qu'il faut accorder sa clémence, même quand on a été trahi auparavant. Schahriar est invité à méditer les bénéfices des vertus de compassion et de pardon, qui devraient naître en son cœur pour qu'il épargne Schéhérazade. La réflexion sur le pouvoir juste parcourt l'ensemble des *Mille et Une Nuits* et propose l'idéal d'un monarque clément.

HISTOIRE DE SINDBAD LE MARIN

Sire, sous le règne de ce même calife[1] Haroun al-Raschid[2] dont je viens de parler, il y avait à Bagdad un pauvre porteur[3] qui se nommait Hindbad. Un jour qu'il faisait une chaleur excessive, il portait une charge très pesante d'une extrémité de la ville à une autre. Comme il était fort fatigué du chemin qu'il avait déjà fait et qu'il lui en restait encore beaucoup à faire, il arriva dans une rue où régnait un doux zéphyr[4], et dont le pavé était arrosé d'eau de rose. Ne pouvant désirer un lieu plus favorable pour se reposer et reprendre de nouvelles forces, il posa sa charge à terre, et s'assit dessus auprès d'une grande maison.

Il se sut bientôt très bon gré[5] de s'être arrêté en cet endroit : car son odorat fut agréablement frappé d'un parfum exquis de bois d'aloès[6] et de pastilles[7] qui sortait par les fenêtres de cet hôtel[8], et qui, se mêlant avec l'odeur de l'eau de rose, achevait d'embaumer l'air. Outre cela, il ouït[9] en dedans un concert de divers instruments accompagnés du ramage[10] harmonieux d'un grand nombre de rossignols et d'autres oiseaux particuliers au climat de Bagdad. Cette gracieuse mélodie et la fumée de plusieurs sortes de viandes[11]

---

1. **Calife** : chef suprême de la communauté musulmane appelé « Prince des croyants ».
2. **Haroun al-Raschid** : ou al-Rachid, calife de Bagdad, monté sur le trône en 786, qui est le plus célèbre calife de la dynastie des Abbassides. Il aurait noué des relations diplomatiques avec Charlemagne. Il mourut en 809.
3. **Porteur** : homme chargé de porter de lourdes marchandises sur le dos.
4. **Zéphyr** : vent.
5. **Il se sut [...] très bon gré** : il se félicita.
6. **Aloès** : plante des régions désertiques.
7. **Pastilles** : pâte odorante que l'on brûle pour parfumer l'air.
8. **Hôtel** : belle demeure.
9. **Ouït** : entendit.
10. **Ramage** : chant d'oiseau.
11. **Viandes** : en langue classique, « viande » signifie « nourriture ».

Histoire de Sindbad le marin

qui se faisaient sentir lui firent juger qu'il y avait là quelque festin, et qu'on s'y réjouissait. Il voulut savoir qui demeurait en cette maison qu'il ne connaissait pas bien, parce qu'il n'avait pas eu occasion de passer souvent par cette rue. Pour satisfaire sa curiosité, il s'approcha de quelques domestiques, qu'il vit à la porte, magnifiquement habillés, et demanda à l'un d'entre eux comment s'appelait le maître de cet hôtel. « Hé quoi ! lui répondit le domestique, vous demeurez à Bagdad, et vous ignorez que c'est ici la demeure du seigneur Sindbad le marin, de ce fameux voyageur qui a parcouru toutes les mers que le soleil éclaire ? » Le porteur, qui avait ouï parler des richesses de Sindbad, ne put s'empêcher de porter envie à[1] un homme dont la condition lui paraissait aussi heureuse qu'il trouvait la sienne déplorable[2]. L'esprit aigri par ses réflexions, il leva les yeux au ciel, et dit assez haut pour être entendu : « Puissant créateur de toutes choses, considérez[3] la différence qu'il y a entre Sindbad et moi ; je souffre tous les jours mille fatigues et mille maux, et j'ai bien de la peine à me nourrir, moi et ma famille, de mauvais pain d'orge[4], pendant que l'heureux Sindbad dépense avec profusion[5] d'immenses richesses et mène une vie pleine de délices. Qu'a-t-il fait pour obtenir de vous une destinée si agréable ? Qu'ai-je fait pour en mériter une si rigoureuse[6] ? » En achevant ces paroles, il frappa du pied contre terre comme un homme entièrement possédé de sa douleur[7] et de son désespoir.

Il était encore occupé de ses tristes pensées, lorsqu'il vit sortir de l'hôtel un valet qui vint à lui et qui, le prenant par le bras, lui dit : « Venez, suivez-moi ; le seigneur Sindbad, mon maître, veut vous parler. »

Le jour qui parut en cet endroit empêcha Schéhérazade de continuer cette histoire ; mais elle la reprit ainsi le lendemain :

---

1. **Porter envie à** : envier.
2. **Déplorable** : misérable, pitoyable.
3. **Considérez** : observez, jugez.
4. **Orge** : céréale.
5. **Profusion** : luxe, abondance.
6. **Rigoureuse** : dure, injuste.
7. **Entièrement possédé de sa douleur** : entièrement pris par sa douleur.

Histoire de Sindbad le marin

LXXᵉ nuit

SIRE, Votre Majesté peut aisément s'imaginer qu'Hindbad ne fut pas peu surpris du compliment[1] qu'on lui faisait. Après le discours qu'il venait de tenir, il avait sujet de craindre que Sindbad ne l'envoyât quérir[2] pour lui faire quelque mauvais traitement ; c'est pourquoi il voulut s'excuser sur ce qu'il ne pouvait abandonner sa charge au milieu de la rue ; mais le valet de Sindbad l'assura qu'on y prendrait garde, et le pressa tellement sur l'ordre dont il était chargé que le porteur fut obligé de se rendre à ses instances[3].

Le valet l'introduisit dans une grande salle, où il y avait un bon nombre de personnes autour d'une table couverte de toutes sortes de mets délicats. On voyait à la place d'honneur un personnage grave[4], bien fait et vénérable[5] par une longue barbe blanche ; et derrière lui étaient debout une foule d'officiers[6] et de domestiques fort empressés à le servir. Ce personnage était Sindbad. Le porteur, dont le trouble s'augmenta à la vue de tant de monde et d'un festin si superbe, salua la compagnie[7] en tremblant. Sindbad lui dit de s'approcher, et, après l'avoir fait asseoir à sa droite, il lui servit à manger lui-même, et lui fit donner à boire d'un excellent vin, dont le buffet était abondamment garni.

Sur la fin du repas, Sindbad, remarquant que ses convives[8] ne mangeaient plus, prit la parole, et, s'adressant à Hindbad, qu'il traita de frère, selon la coutume des Arabes lorsqu'ils se parlent familièrement, lui demanda comment il se nommait et quelle était sa profession. « Seigneur, lui répondit-il, je m'appelle Hindbad. – Je

---

1. **Compliment :** parole de politesse, invitation.
2. **Quérir :** chercher.
3. **De se rendre à ses instances :** d'obéir à ses demandes.
4. **Grave :** sérieux.
5. **Vénérable :** respectable.
6. **Officiers :** domestiques, hommes qui remplissent des offices, des fonctions domestiques.
7. **La compagnie :** l'assemblée.
8. **Convives :** invités.

LXXe nuit

suis bien aise[1] de vous voir, reprit Sindbad, et je vous réponds que la compagnie vous voit aussi avec plaisir ; mais je souhaiterais apprendre de vous-même ce que vous disiez tantôt dans la rue. »
75 Sindbad, avant que de se mettre à table, avait entendu tout son discours par une fenêtre ; et c'était ce qui l'avait obligé à[2] le faire appeler.

À cette demande, Hindbad, plein de confusion, baissa la tête et repartit[3] : « Seigneur, je vous avoue que ma lassitude[4] m'avait mis
80 en mauvaise humeur, et il m'est échappé quelques paroles indiscrètes[5] que je vous supplie de me pardonner. – Oh ! ne croyez pas, reprit Sindbad, que je sois assez injuste pour en conserver du ressentiment[6]. J'entre dans votre situation[7] ; au lieu de vous reprocher vos murmures[8], je vous plains ; mais il faut que je vous
85 tire d'une erreur où vous me paraissez être à mon égard. Vous vous imaginez sans doute que j'ai acquis sans peine et sans travail toutes les commodités[9] et le repos dont vous voyez que je jouis : désabusez-vous[10]. Je ne suis parvenu à un état si heureux qu'après avoir souffert durant plusieurs années tous les travaux du corps
90 et de l'esprit que l'imagination peut concevoir. Oui, Messeigneurs, ajouta-t-il en s'adressant à toute la compagnie, je puis vous assurer que ces travaux sont si extraordinaires qu'ils sont capables d'ôter aux hommes les plus avides de richesses l'envie fatale[11] de traverser les mers pour en acquérir. Vous n'avez peut-être entendu parler
95 que confusément[12] de mes étranges aventures, et des dangers que j'ai courus sur mer dans les sept voyages que j'ai faits, et, puisque

---

1. **Je suis bien aise** : je suis bien content.
2. **L'avait obligé à** : l'avait porté à.
3. **Repartit** : répondit.
4. **Lassitude** : fatigue.
5. **Paroles indiscrètes** : en langue classique, « déplacées », proférées sans y penser, sans retenue.
6. **Ressentiment** : rancune.
7. **J'entre dans votre situation** : je comprends votre situation.
8. **Murmures** : protestations.
9. **Commodités** : confort.
10. **Désabusez-vous** : détrompez-vous.
11. **Fatale** : qui apporte la mort, la douleur.
12. **Confusément** : vaguement.

Histoire de Sindbad le marin

l'occasion s'en présente, je vais vous en faire un rapport[1] fidèle : je crois que vous ne serez pas fâchés de l'entendre. »

Comme Sindbad voulait raconter son histoire, particulièrement à cause du porteur, avant que de la commencer il ordonna qu'on fît porter la charge qu'il avait laissée dans la rue au lieu où Hindbad marqua qu'il souhaitait qu'elle fût portée. Après cela, il parla dans ces termes :

---

1. **Rapport** : récit.

PREMIER VOYAGE
DE SINDBAD LE MARIN

« J'avais hérité de ma famille des biens considérables, j'en dissipai[1] la meilleure partie dans les débauches[2] de ma jeunesse ; mais je revins de mon aveuglement, et, rentrant en moi-même, je reconnus que les richesses étaient périssables[3], et qu'on en voyait bientôt la fin quand on les ménageait aussi mal[4] que je faisais. Je pensai, de plus, que je consumais[5] malheureusement dans une vie déréglée le temps, qui est la chose du monde la plus précieuse. Je considérai encore que c'était la dernière et la plus déplorable de toutes les misères que d'être pauvre dans la vieillesse. Je me souvins de ces paroles du grand Salomon, que j'avais autrefois ouï dire à mon père, qu'*il est moins fâcheux[6] d'être dans le tombeau que dans la pauvreté.*

« Frappé[7] de toutes ces réflexions, je ramassai les débris[8] de mon patrimoine[9]. Je vendis à l'encan[10] en plein marché tout ce que j'avais de meubles. Je me liai[11] ensuite avec quelques marchands qui négociaient par mer[12]. Je consultai ceux qui me parurent capables de me donner de bons conseils. Enfin, je résolus de faire profiter[13] le peu

---

1. **Dissipai** : gaspillai.
2. **Débauches** : parties de plaisirs.
3. **Périssables** : éphémères.
4. **On les ménageait aussi mal** : on s'en occupait aussi mal.
5. **Je consumais** : je gaspillais.
6. *Fâcheux* : pénible.
7. **Frappé** : troublé.
8. **Les débris** : les restes.
9. **Patrimoine** : héritage.
10. **À l'encan** : aux enchères.
11. **Je me liai** : je m'associai.
12. **Négociaient par mer** : faisaient du commerce maritime.
13. **Faire profiter** : faire fructifier.

Premier voyage de Sindbad le marin

d'argent qui me restait, et, dès que j'eus pris cette résolution[1], je ne tardai guère à l'exécuter. Je me rendis à Balsora[2], où je m'embarquai avec plusieurs marchands sur un vaisseau que nous avions équipé à frais communs[3].

« Nous mîmes à la voile[4], et prîmes la route des Indes orientales par le golfe Persique, qui est formé par les côtes de l'Arabie Heureuse[5] à la droite, et par celles de la Perse[6] à la gauche, et dont la plus grande largeur est de soixante et dix lieues[7], selon la commune opinion. Hors de ce golfe, la mer du Levant[8], la même que celle des Indes, est très spacieuse : elle a d'un côté pour bornes[9] les côtes d'Abyssinie[10] et quatre mille cinq cents lieues de longueur jusqu'aux îles de Vakvak[11]. Je fus d'abord incommodé de ce qu'on appelle le mal de mer ; mais ma santé se rétablit bientôt, et depuis ce temps-là je n'ai point été sujet à cette maladie.

« Dans le cours de notre navigation, nous abordâmes à plusieurs îles et nous y vendîmes ou échangeâmes nos marchandises. Un jour que nous étions à la voile[12], le calme nous prit[13] vis-à-vis[14] une

---

1. **Résolution :** décision.
2. **Balsora :** port de l'actuel Iraq, nommé aujourd'hui Bassora.
3. **Frais communs :** frais partagés.
4. **Nous mîmes à la voile :** nous appareillâmes.
5. **Arabie Heureuse :** il s'agit du nom romain de l'actuel Yémen, situé à l'extrême sud-ouest de l'Arabie saoudite. Cependant, en sortant de Bassora, c'est l'Arabie saoudite que l'on trouve aujourd'hui à la droite du golfe Persique.
6. **La Perse :** nom ancien de l'actuel Iran.
7. **Lieues :** une lieue est une ancienne mesure de distance d'environ quatre kilomètres.
8. **Mer du Levant :** océan Indien.
9. **Bornes :** limites.
10. **Côtes d'Abyssinie :** région de la corne de l'Afrique, où sont situées l'Éthiopie et la Somalie actuelles.
11. **Îles de Vakvak :** pays de la géographie imaginaire, censément situé au bout du monde. Les Arabes le situaient au-delà de la Chine. Il aurait pris le nom du fruit d'un arbre de ces régions. On peut penser qu'il s'agit de l'actuel Japon, pays insulaire, plutôt que de la Chine…
12. **Nous étions à la voile :** nous voguions poussés par le vent.
13. **Le calme nous prit :** le vent cessa de souffler.
14. **Vis-à-vis :** en face de.

petite île presque à fleur d'eau[1], qui ressemblait à une prairie par sa verdure. Le capitaine fit plier les voiles, et permit de prendre terre aux personnes de l'équipage qui voulurent y descendre. Je fus du nombre de ceux qui y débarquèrent. Mais, dans le temps que nous nous divertissions[2] à boire et à manger, et à nous délasser[3] de la fatigue de la mer, l'île trembla tout à coup, et nous donna une rude secousse... »

À ces mots, Schéhérazade s'arrêta, parce que le jour commençait à paraître. Elle reprit ainsi son discours sur la fin de la nuit suivante :

LXXIe nuit

SIRE, Sindbad, poursuivit son histoire : « On s'aperçut, dit-il, du tremblement de l'île dans le vaisseau, d'où l'on nous cria de nous rembarquer promptement[4] ; que nous allions tous périr ; que ce que nous prenions pour une île était le dos d'une baleine. Les plus diligents[5] se sauvèrent dans la chaloupe[6], d'autres se jetèrent à la nage. Pour moi, j'étais encore sur l'île, ou plutôt sur la baleine, lorsqu'elle se plongea dans la mer, et je n'eus que le temps de me prendre à une pièce de bois qu'on avait apportée du vaisseau pour faire du feu. Cependant, le capitaine, après avoir reçu sur son bord les gens qui étaient dans la chaloupe et recueilli quelques-uns de ceux qui nageaient, voulut profiter d'un vent frais et favorable qui s'était levé ; il fit hausser[7] les voiles, et m'ôta par là l'espérance de gagner le vaisseau.

---

1. **Presque à fleur d'eau :** si plate qu'elle semblait se confondre avec la surface de l'eau.
2. **Divertissions :** occupions.
3. **Nous délasser :** nous reposer.
4. **Promptement :** rapidement.
5. **Diligents :** rapides.
6. **Chaloupe :** canot qui permet de regagner le navire.
7. **Hausser :** hisser.

Premier voyage de Sindbad le marin

« Je demeurai donc à la merci des flots, poussé tantôt d'un côté et tantôt d'un autre ; je disputai contre eux ma vie tout le reste du jour et de la nuit suivante. Je n'avais plus de force le lendemain, et je désespérais d'éviter la mort, lorsqu'une vague me jeta heureusement contre une île. Le rivage en était haut et escarpé, et j'aurais eu beaucoup de peine à y monter, si quelques racines d'arbres que la fortune semblait avoir conservées en cet endroit pour mon salut ne m'en eussent donné le moyen. Je m'étendis sur la terre, où je demeurai à demi mort, jusqu'à ce qu'il fît grand jour et que le soleil parut.

« Alors, quoique je fusse très faible à cause du travail de la mer, et parce que je n'avais pris aucune nourriture depuis le jour précédent, je ne laissai pas de me traîner[1] en cherchant des herbes bonnes à manger. J'en trouvai quelques-unes, et j'eus le bonheur de rencontrer une source d'eau excellente, qui ne contribua pas peu[2] à me rétablir. Les forces m'étant revenues, je m'avançai dans l'île, marchant sans tenir de route assurée. J'entrai dans une belle plaine, où j'aperçus de loin un cheval qui paissait[3]. Je portai mes pas de ce côté-là, flottant entre la crainte et la joie : car j'ignorais si je n'allais pas chercher ma perte plutôt qu'une occasion de mettre ma vie en sûreté. Je remarquai, en approchant, que c'était une cavale[4] attachée à un piquet. Sa beauté attira mon attention ; mais, pendant que je la regardais, j'entendis la voix d'un homme qui parlait sous terre. Un moment ensuite, cet homme parut, vint à moi, et me demanda qui j'étais. Je lui racontai mon aventure ; après quoi, me prenant par la main, il me fit entrer dans une grotte, où il y avait d'autres personnes qui ne furent pas moins étonnées de me voir que je l'étais de les trouver là.

« Je mangeai de quelques mets qu'ils me présentèrent ; puis, leur ayant demandé ce qu'ils faisaient dans un lieu qui me paraissait si désert, ils me répondirent qu'ils étaient palefreniers[5] du roi

---

1. **Je ne laissai pas de me traîner** : je ne m'en traînai pas moins.
2. **Qui ne contribua pas peu** : tournure euphémistique.
3. **Paissait** : broutait.
4. **Une cavale** : une jument racée.
5. **Palefreniers** : valets prenant soin des écuries.

LXXIe nuit

Mihrage[1], souverain de cette île ; que chaque année, dans la même saison, ils avaient coutume d'y amener les cavales du roi, qu'ils attachaient de la manière que je l'avais vu, pour les faire couvrir par[2] un cheval marin qui sortait de la mer ; que le cheval marin, après les avoir couvertes, se mettait en état de[3] les dévorer ; mais qu'ils l'en empêchaient par leurs cris, et l'obligeaient à rentrer dans la mer ; que, les cavales étant pleines[4], ils les ramenaient, et que les chevaux qui en naissaient étaient destinés pour le roi et appelés chevaux marins. Ils ajoutèrent qu'ils devaient partir le lendemain, et que, si je fusse arrivé un jour plus tard, j'aurais péri infailliblement[5], parce que les habitations étaient éloignées et qu'il m'eût été impossible d'y arriver sans guide.

« Tandis qu'ils m'entretenaient ainsi, le cheval marin sortit de la mer comme ils me l'avaient dit, se jeta sur la cavale, la couvrit et voulut ensuite la dévorer ; mais, au grand bruit que firent les palefreniers, il lâcha prise et alla se replonger dans la mer.

« Le lendemain, ils reprirent le chemin de la capitale de l'île avec les cavales, et je les accompagnai. À notre arrivée, le roi Mihrage, à qui je fus présenté, me demanda qui j'étais et par quelle aventure je me trouvais dans ses États[6]. Dès que j'eus pleinement satisfait sa curiosité, il me témoigna qu'il prenait beaucoup de part à mon malheur. En même temps, il ordonna qu'on eût soin de moi et que l'on me fournît toutes les choses dont j'aurais besoin. Cela fut exécuté de manière que j'eus sujet de me louer de[7] sa générosité et de l'exactitude[8] de ses officiers.

« Comme j'étais marchand, je fréquentai les gens de ma profession. Je recherchais particulièrement ceux qui étaient étrangers, tant pour apprendre d'eux des nouvelles de Bagdad que pour en

---

1. **Mihrage** : ancien roi des Indes, renommé pour sa puissance et sa sagesse. Ce nom provient du mot indien « maharadja ». Il y a ici un jeu de mots avec « mirage ».
2. **Pour les faire couvrir par** : pour les faire s'accoupler avec.
3. **Se mettait en état de** : se préparait à.
4. **Les cavales étant pleines** : les juments étant engrossées.
5. **Infailliblement** : inévitablement.
6. **Ses États** : son royaume.
7. **De me louer de** : d'être content de.
8. **Exactitude** : soin, minutie, serviabilité.

Premier voyage de Sindbad le marin

trouver quelqu'un avec qui je pusse y retourner : car la capitale du roi Mihrage est située sur le bord de la mer, et a un beau port où il aborde tous les jours des vaisseaux de différents endroits du monde. Je cherchais aussi la compagnie des savants des Indes, et je prenais plaisir à les entendre parler ; mais cela ne m'empêchait pas de faire ma cour au roi très régulièrement, ni de m'entretenir avec des gouverneurs et de petits rois, ses tributaires[1], qui étaient auprès de sa personne. Ils me faisaient mille questions sur mon pays ; et, de mon côté, voulant m'instruire des mœurs ou des lois de leurs États, je leur demandais tout ce qui me semblait mériter ma curiosité.

« Il y a sous la domination du roi Mihrage une île qui porte le nom de Cassel[2]. On m'avait assuré qu'on y entendait toutes les nuits un son de timbales ; ce qui a donné lieu à l'opinion qu'ont les matelots que Deggial[3] y fait sa demeure. Il me prit envie d'être témoin de cette merveille, et je vis dans mon voyage des poissons longs de cent et de deux cents coudées[4], qui font plus de peur que de mal. Ils sont si timides qu'on les fait fuir en frappant sur des ais[5]. Je remarquai d'autres poissons qui n'étaient que d'une coudée, et qui ressemblaient par la tête à des hiboux.

« À mon retour, comme j'étais un jour sur le port, un navire y vint aborder. Dès qu'il fut à l'ancre, on commença de décharger les marchandises ; et les marchands à qui elles appartenaient les faisaient transporter dans des magasins. En jetant les yeux sur quelques ballots[6] et sur l'écriture qui marquait à qui ils étaient, je vis mon nom dessus, et, après les avoir attentivement examinés, je ne doutai pas que ce ne fussent ceux que j'avais fait charger sur le vaisseau où je m'étais embarqué à Balsora. Je reconnus même le capitaine ; mais, comme j'étais persuadé qu'il me croyait mort,

---

1. **Ses tributaires :** dépendants, soumis au pouvoir.
2. **Cassel :** île légendaire.
3. **Deggial :** c'est le nom de l'Antéchrist (le diable) pour les musulmans. Il ne possède qu'un œil et qu'un seul sourcil.
4. **Coudées :** une coudée est une ancienne unité de mesure qui représente environ cinquante centimètres.
5. **Ais :** planches de bois.
6. **Ballots :** paquets de marchandises.

je l'abordai et lui demandai à qui appartenaient les ballots que je voyais. « J'avais sur mon bord, me répondit-il, un marchand de Bagdad, qui se nommait Sindbad. Un jour que nous étions près d'une île, à ce qu'il nous paraissait, il mit pied à terre avec plusieurs passagers dans cette île prétendue, qui n'était autre chose qu'une baleine d'une grosseur énorme, qui s'était endormie à fleur d'eau[1]. Elle ne se sentit pas plus tôt échauffée par le feu qu'on avait allumé sur son dos pour faire la cuisine qu'elle commença de se mouvoir et de s'enfoncer dans la mer. La plupart des personnes qui étaient dessus se noyèrent, et le malheureux Sindbad fut de ce nombre. Ces ballots étaient à lui, et j'ai résolu de les négocier[2] jusqu'à ce que je rencontre quelqu'un de sa famille à qui je puisse rendre le profit que j'aurai fait avec le principal[3]. – Capitaine, lui dis-je alors, je suis ce Sindbad que vous croyez mort, et qui ne l'est pas : ces ballots sont mon bien et ma marchandise... »

Schéhérazade n'en dit pas davantage cette nuit ; mais elle continua le lendemain de cette sorte :

LXXIIe nuit

SINDBAD, poursuivant son histoire, dit à la compagnie :

« Quand le capitaine du vaisseau m'entendit parler ainsi : « Grand Dieu ! s'écria-t-il, à qui se fier aujourd'hui ? Il n'y a plus de bonne foi parmi les hommes. J'ai vu de mes propres yeux périr Sindbad ; les passagers qui étaient sur mon bord l'ont vu comme moi, et vous osez dire que vous êtes ce Sindbad ? Quelle audace ! À vous voir, il semble que vous soyez un homme de probité[4] ; cependant vous dites une horrible fausseté[5] pour vous emparer d'un bien

---

1. **À fleur d'eau** : à la surface de l'eau.
2. **Négocier** : faire du commerce avec.
3. **Le principal** : le capital.
4. **Probité** : honnêteté.
5. **Fausseté** : mensonge.

Premier voyage de Sindbad le marin

qui ne vous appartient pas. — Donnez-vous patience, repartis-je au capitaine, et me faites la grâce d'écouter ce que j'ai à vous dire. — Hé bien ! reprit-il, que direz-vous ? Parlez, je vous écoute. » Je lui racontai alors de quelle manière je m'étais sauvé, et par quelle aventure j'avais rencontré les palefreniers du roi Mihrage, qui m'avaient amené à sa cour.

« Il se sentit ébranlé[1] de mon discours ; mais il fut bientôt persuadé que je n'étais pas un imposteur[2] : car il arriva des gens de son navire qui me reconnurent et me firent de grands compliments, en me témoignant la joie qu'ils avaient de me revoir. Enfin, il me reconnut aussi lui-même, et, se jetant à mon cou : « Dieu soit loué, me dit-il, de ce que vous êtes heureusement échappé d'un si grand danger ! je ne puis assez vous marquer le plaisir que j'en ressens. Voilà votre bien, prenez-le, il est à vous ; faites-en ce qu'il vous plaira. » Je le remerciai, je louai sa probité, et, pour la reconnaître, je le priai d'accepter quelques marchandises que je lui présentai ; mais il les refusa.

« Je choisis ce qu'il y avait de plus précieux dans mes ballots, et j'en fis présent[3] au roi Mihrage. Comme ce prince savait la disgrâce[4] qui m'était arrivée, il me demanda où j'avais pris des choses si rares. Je lui contai par quel hasard je venais de les recouvrer[5] ; il eut la bonté de m'en témoigner de la joie ; il accepta mon présent et m'en fit de beaucoup plus considérables. Après cela, je pris congé de lui et me rembarquai sur le même vaisseau. Mais, avant mon embarquement, j'échangeai les marchandises qui me restaient contre d'autres du pays. J'emportai avec moi du bois d'aloès, du sandal[6], du camphre[7], de la muscade, du clou de girofle, du poivre et du gingembre[8]. Nous passâmes par plusieurs îles, et

---

1. **Ébranlé :** touché.
2. **Imposteur :** menteur.
3. **Présent :** cadeau.
4. **Disgrâce :** infortune, malheur.
5. **Recouvrer :** récupérer.
6. **Sandal :** nom arabe du santal, substance odorante dont on se sert en pharmacie et en parfumerie.
7. **Camphre :** substance aromatique provenant du camphrier.
8. **Muscade, clou de girofle, poivre, gingembre :** épices orientales.

LXXIIe nuit

nous abordâmes enfin à Balsora, d'où j'arrivai en cette ville avec la valeur d'environ cent mille sequins. Ma famille me reçut, et je la revis avec tous les transports[1] que peut causer une amitié vive et sincère. J'achetai des esclaves de l'un et de l'autre sexe, de belles terres, et je fis une grosse maison. Ce fut ainsi que je m'établis[2], résolu d'oublier les maux que j'avais soufferts et de jouir des plaisirs de la vie. »

Sindbad, s'étant arrêté en cet endroit, ordonna aux joueurs d'instruments de recommencer leurs concerts, qu'il avait interrompus par le récit de son histoire. On continua jusqu'au soir de boire et de manger, et, lorsqu'il fut temps de se retirer, Sindbad se fit apporter une bourse de cent sequins, et, la donnant au porteur : « Prenez, Hindbad, lui dit-il ; retournez chez vous, et revenez demain entendre la suite de mes aventures. » Le porteur se retira fort confus de l'honneur et du présent qu'il venait de recevoir. Le récit qu'il en fit au logis fut très agréable à sa femme et à ses enfants, qui ne manquèrent pas de remercier Dieu du bien que la Providence[3] leur faisait par l'entremise de[4] Sindbad.

Hindbad s'habilla le lendemain plus proprement que le jour précédent, et retourna chez le voyageur libéral[5], qui le reçut d'un air riant et lui fit mille caresses[6]. Dès que les conviés[7] furent tous arrivés, on servit et l'on tint table[8] fort longtemps. Le repas fini, Sindbad prit la parole, et, s'adressant à la compagnie : « Messeigneurs, dit-il, je vous prie de me donner audience[9] et de vouloir bien écouter les aventures de mon second voyage ; elles sont plus dignes de votre attention que celles du premier. » Tout le monde garda le silence, et Sindbad parla en ces termes :

---

1. **Transports :** élans, mouvements vifs.
2. **Je m'établis :** je m'installai.
3. **Providence :** volonté de Dieu, toujours bonne bien sûr.
4. **L'entremise de :** l'intermédiaire de.
5. **Libéral :** généreux.
6. **Caresses :** compliments.
7. **Conviés :** invités.
8. **On tint table :** on resta à table.
9. **De me donner audience :** de me donner la parole et de m'écouter.

DEUXIÈME VOYAGE DE SINDBAD LE MARIN

« J'AVAIS RÉSOLU, après mon premier voyage, de passer tranquillement le reste de mes jours à Bagdad, comme j'eus l'honneur de vous le dire hier. Mais je ne fus pas longtemps sans m'ennuyer d'une vie oisive[1] ; l'envie de voyager et de négocier par mer me reprit : j'achetai des marchandises propres à faire le trafic que je méditais[2], et je partis une seconde fois avec d'autres marchands dont la probité m'était connue. Nous nous embarquâmes sur un bon navire, et, après nous être recommandés à Dieu, nous commençâmes notre navigation.

« Nous allions d'île en île, et nous y faisions des trocs[3] fort avantageux. Un jour, nous descendîmes en l'une, qui était couverte de plusieurs sortes d'arbres fruitiers, mais si déserte que nous n'y découvrîmes aucune habitation, et même pas une âme. Nous allâmes prendre l'air dans les prairies et le long des ruisseaux qui les arrosaient.

« Pendant que les uns se divertissaient à cueillir des fleurs et les autres des fruits, je pris mes provisions et du vin que j'avais apporté et m'assis près d'une eau coulant entre de grands arbres qui formaient un bel ombrage. Je fis un assez bon repas de ce que j'avais ; après quoi le sommeil vint s'emparer de mes sens. Je ne vous dirai pas si je dormis longtemps ; mais, quand je me réveillai, je ne vis plus le navire à l'ancre… »

Là, Schéhérazade fut obligée d'interrompre son récit, parce qu'elle vit que le jour paraissait ; mais la nuit suivante elle continua de cette manière le second voyage de Sindbad :

---

1. **Oisive** : inactive.
2. **Trafic que je méditais** : commerce que je projetais de faire.
3. **Trocs** : échanges.

LXXIIIe nuit

25 « Je fus bien étonné, dit Sindbad, de ne plus voir le vaisseau à l'ancre[1] ; je me levai, je regardai de toutes parts, et je ne vis pas un des marchands qui étaient descendus dans l'île avec moi. J'aperçus seulement le navire à la voile, mais si éloigné que je le perdis de vue peu de temps après.

30 « Je vous laisse à imaginer les réflexions que je fis dans un état si triste. Je pensai mourir de douleur. Je poussai des cris épouvantables ; je me frappai la tête, et me jetai par terre, où je demeurai longtemps abîmé[2] dans une confusion mortelle de pensées toutes plus affligeantes[3] les unes que les autres. Je me reprochai cent 35 fois de ne m'être pas contenté de mon premier voyage, qui devait m'avoir fait perdre pour jamais l'envie d'en faire d'autres. Mais tous mes regrets étaient inutiles et mon repentir hors de saison[4].

« À la fin, je me résignai à la volonté de Dieu, et, sans savoir ce que je deviendrais, je montai au haut d'un grand arbre, d'où je 40 regardai de tous côtés pour voir si je ne découvrirais rien qui pût me donner quelque espérance. En jetant les yeux sur la mer, je ne vis que de l'eau et le ciel ; mais, ayant aperçu du côté de la terre quelque chose de blanc, je descendis de l'arbre, et, avec ce qui me restait de vivres[5], je marchai vers cette blancheur, qui était si éloi-45 gnée que je ne pouvais pas bien distinguer ce que c'était.

« Lorsque j'en fus à une distance raisonnable, je remarquai que c'était une boule blanche d'une hauteur et d'une grosseur prodigieuses. Dès que j'en fus près, je la touchai et la trouvai fort douce. Je tournai à l'entour[6] pour voir s'il n'y avait point d'ouverture ; je 50 n'en pus découvrir aucune, et il me parut qu'il était impossible de

---

1. **Le vaisseau à l'ancre :** le vaisseau immobilisé parce qu'on avait jeté l'ancre.
2. **Abîmé :** plongé.
3. **Affligeantes :** désolantes.
4. **Hors de saison :** arrivé trop tard.
5. **Vivres :** nourritures.
6. **Je tournai à l'entour :** je tournai autour.

Deuxième voyage de Sindbad le marin

monter dessus, tant elle était unie[1]. Elle pouvait avoir cinquante pas[2] en rondeur.

« Le soleil alors était prêt à se coucher. L'air s'obscurcit tout à coup comme s'il eût été couvert d'un nuage épais. Mais, si je fus étonné de cette obscurité, je le fus bien davantage quand je m'aperçus que ce qui la causait était un oiseau d'une grandeur et d'une grosseur extraordinaires, qui s'avançait de mon côté en volant. Je me souvins d'un oiseau appelé roc[3] dont j'avais souvent ouï parler aux matelots[4], et je conçus que la grosse boule que j'avais tant admirée devait être un œuf de cet oiseau. En effet, il s'abattit et se posa dessus, comme pour le couver. En le voyant venir, je m'étais serré fort près de l'œuf, de sorte que j'eus devant moi un des pieds de l'oiseau, et ce pied était aussi gros qu'un gros tronc d'arbre. Je m'y attachai fortement avec la toile dont mon turban était environné[5], dans l'espérance que le roc, lorsqu'il reprendrait son vol le lendemain, m'emporterait hors de cette île déserte. Effectivement, après avoir passé la nuit en cet état, d'abord qu'il fut jour[6], l'oiseau s'envola et m'enleva si haut que je ne voyais plus la terre ; puis il descendit tout à coup avec tant de rapidité que je ne me sentais pas[7]. Lorsque le roc fut posé et que je me vis à terre, je déliai[8] promptement le nœud qui me tenait attaché à son pied. J'avais à peine achevé de me détacher qu'il donna du bec[9] sur un serpent d'une longueur inouïe. Il le prit et s'envola aussitôt.

« Le lieu où il me laissa était une vallée très profonde, environnée de toutes parts de montagnes si hautes qu'elles se perdaient dans la nue[10], et tellement escarpées qu'il n'y avait aucun chemin

---

1. **Unie** : close sur elle-même.
2. **Pas** : un pas est une unité de longueur.
3. **Roc** : terme ancien pour désigner le faucon ou le griffon, ce dernier étant un animal fabuleux.
4. **Dont j'avais souvent ouï parler aux matelots** : dont j'avais souvent entendu parler chez les matelots.
5. **Environné** : entouré.
6. **D'abord qu'il fut jour** : dès qu'il fit jour.
7. **Que je ne me sentais pas** : que j'en perdis l'usage de mes sens, que j'eus le vertige.
8. **Déliai** : défis.
9. **Donna du bec** : donna des coups de bec.
10. **Nue** : nuages, partie haute du ciel.

LXXIIIᵉ nuit

par où l'on y pût monter. Ce fut un nouvel embarras pour moi, et, comparant cet endroit à l'île déserte que je venais de quitter, je trouvai que je n'avais rien gagné au change.

« En marchant par cette vallée, je remarquai qu'elle était parsemée de diamants, dont il y en avait d'une grosseur surprenante ; je pris beaucoup de plaisir à les regarder ; mais j'aperçus bientôt de loin des objets[1] qui diminuèrent fort ce plaisir, et que je ne pus voir sans effroi. C'étaient un grand nombre de serpents si gros et si longs qu'il n'y en avait pas un qui n'eût englouti un éléphant. Ils se retiraient pendant le jour dans leurs antres[2], où ils se cachaient à cause du roc leur ennemi, et ils n'en sortaient que la nuit.

« Je passai la journée à me promener dans la vallée, et à me reposer de temps en temps dans les endroits les plus commodes[3]. Cependant le soleil se coucha ; et, à l'entrée de la nuit, je me retirai dans une grotte où je jugeai que je serais en sûreté. J'en bouchai l'entrée, qui était basse et étroite, avec une pierre assez grosse pour me garantir des serpents[4], mais qui n'était pas assez juste pour empêcher qu'il n'y entrât un peu de lumière. Je soupai d'une partie de mes provisions, au bruit des serpents qui commencèrent à paraître. Leurs affreux sifflements me causèrent une frayeur extrême et ne me permirent pas, comme vous pouvez penser, de passer la nuit fort tranquillement. Le jour étant venu, les serpents se retirèrent. Alors je sortis de ma grotte en tremblant, et je puis dire que je marchai longtemps sur des diamants sans en avoir la moindre envie. À la fin, je m'assis, et, malgré l'inquiétude dont j'étais agité, comme je n'avais pas fermé l'œil de toute la nuit, je m'endormis après avoir fait encore un repas de mes provisions. Mais j'étais à peine assoupi que quelque chose qui tomba près de moi avec grand bruit me réveilla. C'était une grosse pièce de viande fraîche, et, dans le moment, j'en vis rouler plusieurs autres du haut des rochers en différents endroits.

---

1. **Objets** : se dit de tout ce qui est objet du regard, animé comme inanimé.
2. **Antres** : grottes, refuges.
3. **Commodes** : confortables.
4. **Me garantir des serpents** : me protéger des serpents.

Deuxième voyage de Sindbad le marin

« J'avais toujours tenu pour un conte fait à plaisir[1] ce que j'avais oui dire plusieurs fois à des matelots et à d'autres personnes touchant la vallée des diamants, et l'adresse dont se servaient quelques marchands pour en tirer ces pierres précieuses. Je connus bien[2] qu'ils m'avaient dit la vérité. En effet, ces marchands se rendent auprès de cette vallée dans le temps que les aigles ont des petits. Ils découpent de la viande et la jettent par grosses pièces dans la vallée ; les diamants sur la pointe desquels elles tombent s'y attachent. Les aigles, qui sont en ce pays-là plus forts qu'ailleurs, vont fondre sur[3] ces pièces de viande, et les emportent dans leurs nids au haut des rochers pour servir de pâture[4] à leurs aiglons. Alors les marchands, courant aux nids, obligent, par leurs cris, les aigles à s'éloigner, et prennent les diamants qu'ils trouvent attachés aux pièces de viande. Ils se servent de cette ruse parce qu'il n'y a pas d'autre moyen de tirer les diamants de cette vallée, qui est un précipice dans lequel on ne saurait descendre.

« J'avais cru jusque-là qu'il ne me serait pas possible de sortir de cet abîme, que je regardais comme mon tombeau ; mais je changeai de sentiment ; et ce que je venais de voir me donna lieu d'imaginer le moyen de[5] conserver ma vie... »

Le jour qui parut en cet endroit imposa silence à Schéhérazade ; mais elle poursuivit cette histoire le lendemain.

LXXIVe nuit

SIRE, dit-elle en s'adressant toujours au sultan des Indes, Sindbad continua de raconter les aventures de son second voyage à la compagnie qui l'écoutait :

---

1. **Un conte fait à plaisir** : un conte inventé pour le plaisir de le raconter.
2. **Je connus bien** : je me rendis bien compte, je compris bien.
3. **Fondre sur** : s'abattre sur.
4. **Pâture** : nourriture.
5. **Me donna lieu d'imaginer le moyen de** : me donna l'occasion de penser au moyen de.

LXXIVᵉ nuit

« Je commençai, dit-il, par amasser les plus gros diamants qui se présentèrent à mes yeux, et j'en remplis la bourse de cuir qui m'avait servi à mettre mes provisions de bouche[1]. Je pris ensuite la pièce de viande qui me parut la plus longue, et l'attachai fortement autour de moi avec la toile de mon turban, et en cet état je me couchai le ventre contre terre, la bourse de cuir attachée à ma ceinture de manière qu'elle ne pouvait tomber.

« Je ne fus pas plus tôt en cette situation que les aigles vinrent ; chacune[2] se saisit d'une pièce de viande qu'elle emporta ; et une des plus puissantes, m'ayant enlevé de même avec le morceau de viande dont j'étais enveloppé, me porta au haut de la montagne jusque dans son nid. Les marchands ne manquèrent point alors de crier pour épouvanter les aigles ; et, lorsqu'ils les eurent obligées à quitter leur proie, un d'entre eux s'approcha de moi ; mais il fut saisi de crainte quand il m'aperçut. Il se rassura pourtant, et, au lieu de s'informer par quelle aventure je me trouvais là, il commença de me quereller en me demandant pourquoi je lui ravissais[3] son bien. « Vous me parlerez, lui dis-je, avec plus d'humanité[4] lorsque vous m'aurez mieux connu. Consolez-vous, ajoutai-je ; j'ai des diamants pour vous et pour moi plus que n'en peuvent avoir tous les autres marchands ensemble. S'ils en ont, ce n'est que par hasard ; mais j'ai choisi moi-même, au fond de la vallée, ceux que j'apporte dans cette bourse que vous voyez. » En disant cela, je la lui montrai. Je n'avais pas achevé de parler que les autres marchands qui m'aperçurent s'attroupèrent autour de moi, fort étonnés de me voir, et j'augmentai leur surprise par le récit de mon histoire. Ils n'admirèrent pas tant le stratagème que j'avais imaginé pour me sauver que ma hardiesse[5] à le tenter.

« Ils m'emmenèrent au logement où ils demeuraient tous ensemble ; et là, ayant ouvert ma bourse en leur présence, la grosseur de mes diamants les surprit, et ils m'avouèrent que dans toutes les cours

---

1. **Provisions de bouche :** provisions de nourriture.
2. **Aigles [...] chacune :** « une aigle » est un féminin pour désigner la femelle de l'aigle. On trouve en général ce mot au masculin.
3. **Ravissais :** volais.
4. **Humanité :** civilité, bienveillance.
5. **Hardiesse :** audace, témérité.

Deuxième voyage de Sindbad le marin

où ils avaient été ils n'en avaient pas vu un qui en approchât. Je priai le marchand à qui appartenait le nid où j'avais été transporté, car chaque marchand avait le sien, je le priai, dis-je, d'en choisir pour sa part autant qu'il en voudrait. Il se contenta d'en prendre un seul, encore le prit-il des moins gros ; et, comme je le pressais d'en recevoir d'autres sans craindre de me faire tort : « Non, me dit-il ; je suis fort satisfait de celui-ci, qui est assez précieux pour m'épargner la peine de faire désormais d'autres voyages pour l'établissement[1] de ma petite fortune. »

« Je passai la nuit avec ces marchands, à qui je racontai une seconde fois mon histoire pour la satisfaction de ceux qui ne l'avaient pas entendue. Je ne pouvais modérer[2] ma joie quand je faisais réflexion que j'étais hors des périls dont je vous ai parlé. Il me semblait que l'état où je me trouvais était un songe, et je ne pouvais croire que je n'eusse plus rien à craindre.

« Il y avait déjà plusieurs jours que les marchands jetaient des pièces de viande dans la vallée, et, comme chacun paraissait content des diamants qui lui étaient échus, nous partîmes le lendemain tous ensemble, et nous marchâmes par de hautes montagnes où il y avait des serpents d'une longueur prodigieuse, que nous eûmes le bonheur d'éviter. Nous gagnâmes le premier port, d'où nous passâmes à l'île de Roha[3], où croît l'arbre dont on tire le camphre[4] et qui est si gros et si touffu que cent hommes y peuvent être à l'ombre aisément. Le suc dont se forme le camphre coule par une ouverture que l'on fait au haut de l'arbre, et se reçoit dans un vase où il prend consistance et devient ce qu'on appelle camphre. Le suc[5] ainsi tiré, l'arbre se sèche et meurt.

« Il y a dans la même île des rhinocéros, qui sont des animaux plus petits que l'éléphant et plus grands que le buffle ; ils ont une corne sur le nez, longue environ d'une coudée[6] ; cette corne est solide et coupée par le milieu d'une extrémité à l'autre. On voit

---

1. **Établissement :** fondation, élaboration.
2. **Modérer :** tempérer.
3. **Île de Roha :** île proche de Madagascar.
4. **Arbre dont on tire le camphre :** il s'agit du camphrier.
5. **Suc :** substance, sève.
6. **Une coudée :** ancienne unité de mesure de longueur.

LXXIVᵉ nuit

dessus des traits blancs qui représentent la figure d'un homme. Le rhinocéros se bat avec l'éléphant, le perce de sa corne par-dessous le ventre, l'enlève[1] et le porte sur sa tête ; mais, comme le sang et la graisse de l'éléphant lui coulent sur les yeux et l'aveuglent, il tombe par terre, et, ce qui va vous étonner, le roc vient, qui les enlève tous deux entre ses griffes et les emporte pour nourrir ses petits.

« Je passe sous silence plusieurs autres particularités de cette île, de peur de vous ennuyer. J'y échangeai quelques-uns de mes diamants contre de bonnes marchandises. De là, nous allâmes à d'autres îles ; et enfin, après avoir touché à plusieurs villes marchandes de terre ferme, nous abordâmes à[2] Balsora, d'où je me rendis à Bagdad. J'y fis d'abord de grandes aumônes aux pauvres, et je jouis honorablement du reste des richesses immenses que j'avais apportées et gagnées avec tant de fatigues. »

Ce fut ainsi que Sindbad raconta son second voyage. Il fit donner encore cent sequins à Hindbad, qu'il invita à venir le lendemain entendre le récit du troisième. Les conviés retournèrent chez eux, et revinrent le jour suivant à la même heure, de même que le porteur, qui avait déjà presque oublié sa misère passée. On se mit à table, et, après le repas, Sindbad, ayant demandé audience, fit de cette sorte le détail[3] de son troisième voyage :

---

1. **L'enlève :** le soulève.
2. **Nous abordâmes à :** nous débarquâmes à.
3. **Le détail :** le récit détaillé.

Clefs d'analyse

Premier et deuxième voyages de Sindbad le marin

Action et personnages

1. Qui est Sindbad ? Pourquoi lui donner ces caractéristiques ?
2. Les histoires de Sindbad faisaient-elles originellement partie des *Mille et Une Nuits* ? Qui les a insérées dans la trame de Schéhérazade ?
3. Quel type de seigneur incarne Sindbad ? Pourquoi devrait-il servir de modèle au sultan Schahriar ?
4. Qui est Hindbad ? À quel autre personnage précédent vous fait-il penser ?
5. Par quel procédé Sindbad veut-il faire la leçon à Hindbad ? À qui vous fait-il penser ?
6. Pourquoi Sindbad décide-t-il d'entreprendre des voyages ? Quelle attitude associée à la jeunesse est ici condamnée ?
7. Quelle est la première déconvenue de Sindbad ? À quoi cela le confronte-t-il ?
8. Par qui Sindbad est-il d'abord sauvé ? Que fait-il ensuite ?
9. Qui Sindbad retrouve-t-il par hasard à Bassora ?
10. Comment se termine le premier voyage de Sindbad le marin ?
11. Quel sentiment conduit Sindbad à entamer un deuxième voyage ?
12. Quel animal merveilleux Sindbad découvre-t-il au cours de son deuxième voyage ?
13. Quelle autre prodigieuse et chanceuse découverte fait-il ?
14. Comment se termine le deuxième voyage de Sindbad ? Que fait-il pour Hindbad une fois qu'il a terminé son récit ?

Langue

15. Qui devient le principal narrateur de ces histoires de voyage ?
16. Pourquoi le personnage de Sindbad peut-il passionner Schahriar ?
17. Le récit de Sindbad est-il gratuit ou est-il destiné à quelqu'un et que cherche-t-il à produire comme effet ?
18. Quel registre narratif implique la découverte de choses inouïes, invraisemblables, dignes de curiosité et d'intérêt ?

Clefs d'analyse — Premier et deuxième voyages de Sindbad le marin

Genre ou thèmes

19. Dans quel conte ou légende un homme est-il enfermé dans le ventre d'une baleine ?
20. Citez un récit dans lequel un garçon est emporté sur le dos d'un oiseau, comme Sindbad se fait transporter par le roc ?
21. À quel personnage très célèbre de la mythologie grecque le thème du voyage vous fait-il penser ?
22. Dans quel autre conte des *Mille et Une Nuits* un personnage découvre-t-il une source inépuisable de richesses ?

Écriture

23. Inventez un voyage merveilleux de Sindbad.
24. Racontez un épisode des aventures de Sindbad qui se terminerait mal.

Pour aller plus loin

25. Pourquoi les contes et légendes s'attachent-ils particulièrement aux récits de voyage et aux personnages de voyageurs ?
26. Que pensez-vous du fait que Sindbad achète des esclaves pour son bonheur, et qu'il soit obligé de faire l'aumône pour que ces gens puissent survivre ? En quoi les contes de Sindbad permettent-ils d'appréhender l'histoire des civilisations ?
27. Qu'est-ce qu'une utopie ? Comparez le conte et l'utopie.

> ✳ **À retenir**
>
> Les contes de Sindbad reposent sur des récits de voyage qui permettent d'attiser la curiosité de l'auditeur. Les descriptions merveilleuses y sont nombreuses, mais il n'en reste pas moins qu'il y a toujours leçon à tirer puisque Sindbad tente de montrer à Hindbad les effets du courage et du hasard sur la destinée. On retrouve cette poétique classique du *placere et docere*.

TROISIÈME VOYAGE
DE SINDBAD LE MARIN

« J'EUS BIENTÔT perdu, dit-il, dans les douceurs de la vie que je menais, le souvenir des dangers que j'avais courus dans mes deux voyages ; mais, comme j'étais à la fleur de mon âge[1], je m'ennuyai de vivre dans le repos ; et, m'étourdissant[2] sur les nouveaux périls que je voulais affronter, je partis de Bagdad avec de riches marchandises du pays, que je fis transporter à Balsora. Là, je m'embarquai encore avec d'autres marchands. Nous fîmes une longue navigation, et nous abordâmes à plusieurs ports, où nous fîmes un commerce considérable.

« Un jour que nous étions en pleine mer, nous fûmes battus d'une tempête horrible qui nous fit perdre notre route. Elle continua plusieurs jours, et nous poussa devant le port d'une île où le capitaine aurait fort souhaité de se dispenser d'entrer[3] ; mais nous fûmes bien obligés d'y aller mouiller[4]. Lorsqu'on eut plié les voiles, le capitaine nous dit : « Cette île et quelques autres voisines sont habitées par des sauvages tout velus qui vont venir nous assaillir[5]. Quoique ce soient des nains, notre malheur veut que nous ne fassions pas la moindre résistance, parce qu'ils sont en plus grand nombre que les sauterelles[6], et que, s'il nous arrivait d'en tuer quelqu'un[7], ils se jetteraient tous sur nous et nous assommeraient. »

Le jour, qui vint éclairer l'appartement de Schahriar, empêcha Schéhérazade d'en dire davantage. La nuit suivante, elle reprit la parole en ces termes :

---

1. **À la fleur de mon âge** : un jeune homme, dans ma jeunesse.
2. **M'étourdissant** : m'émerveillant.
3. **De se dispenser d'entrer** : d'éviter d'entrer.
4. **Mouiller** : jeter l'ancre.
5. **Assaillir** : attaquer.
6. **Sauterelles** : ces insectes voyagent par nuées, donc en très grand nombre.
7. **Quelqu'un** : un.

LXXVᵉ nuit

« Le discours du capitaine, dit Sindbad, mit tout l'équipage dans une grande consternation[1], et nous connûmes[2] bientôt que ce qu'il venait de nous dire n'était que trop véritable. Nous vîmes paraître une multitude innombrable de sauvages hideux[3], couverts par tout le corps d'un poil roux, et hauts seulement de deux pieds[4]. Ils se jetèrent à la nage et environnèrent[5] en peu de temps notre vaisseau. Ils nous parlaient en approchant ; mais nous n'entendions pas leur langage[6]. Ils se prirent[7] aux bords et aux cordages du navire, et grimpèrent de tous côtés jusqu'au tillac[8] avec une si grande agilité et avec tant de vitesse qu'il ne paraissait pas qu'ils posassent leurs pieds.

« Nous leur vîmes faire cette manœuvre avec la frayeur que vous pouvez vous imaginer, sans oser nous mettre en défense, ni leur dire un seul mot pour tâcher de les détourner de leur dessein, que nous soupçonnions être funeste[9]. Effectivement, ils déplièrent les voiles, coupèrent le câble[10] de l'ancre sans se donner la peine de la tirer ; et, après avoir fait approcher de terre le vaisseau, ils nous firent tous débarquer. Ils emmenèrent ensuite le navire en une autre île d'où ils étaient venus. Tous les voyageurs évitaient avec soin celle où nous étions alors, et il était très dangereux de s'y arrêter pour la raison que vous allez entendre ; mais il nous fallut prendre notre mal en patience.

« Nous nous éloignâmes du rivage, et, en nous avançant dans l'île, nous trouvâmes quelques fruits et des herbes, dont nous

---

1. **Consternation** : désolation, affliction, épouvante.
2. **Nous connûmes** : nous comprîmes.
3. **Hideux** : très laids.
4. **Pieds** : le pied est une ancienne mesure de longueur équivalant à 0, 324 mètre.
5. **Environnèrent** : entourèrent.
6. **Nous n'entendions pas leur langage** : nous ne comprenions pas leur langue.
7. **Ils se prirent** : ils s'agrippèrent.
8. **Tillac** : pont supérieur d'un navire.
9. **Funeste** : fatal, mortel.
10. **Câble** : corde.

Troisième voyage de Sindbad le marin

mangeâmes pour prolonger le dernier moment de notre vie le plus qu'il nous était possible : car nous nous attendions tous à une mort certaine. En marchant, nous aperçûmes assez loin de nous un grand édifice[1], vers où nous tournâmes nos pas. C'était un palais bien bâti et fort élevé, qui avait une porte d'ébène[2] à deux battants, que nous ouvrîmes en la poussant. Nous entrâmes dans la cour, et nous vîmes en face un vaste appartement avec un vestibule[3], où il y avait, d'un côté, un monceau[4] d'ossements humains, et, de l'autre, une infinité de broches à rôtir[5]. Nous tremblâmes à ce spectacle, et, comme nous étions fatigués d'avoir marché, les jambes nous manquèrent : nous tombâmes par terre, saisis d'une frayeur mortelle, et nous y demeurâmes très longtemps immobiles.

« Le soleil se couchait ; et, tandis que nous étions dans l'état pitoyable que je viens de vous dire, la porte de l'appartement s'ouvrit avec beaucoup de bruit, et aussitôt nous en vîmes sortir une horrible figure d'homme[6] noir de la hauteur d'un grand palmier. Il avait au milieu du front un seul œil rouge et ardent[7] comme un charbon allumé ; les dents de devant, qu'il avait fort longues et fort aiguës[8], lui sortaient de la bouche, qui n'était pas moins fendue que celle d'un cheval ; et la lèvre inférieure lui descendait sur la poitrine. Ses oreilles ressemblaient à celles d'un éléphant et lui couvraient les épaules. Il avait les ongles crochus et longs comme les griffes des plus grands oiseaux. À la vue d'un géant si effroyable, nous perdîmes tous connaissance, et demeurâmes comme morts.

« À la fin[9], nous revînmes à nous, et nous le vîmes assis sous le vestibule, qui nous examinait de tout son œil. Quand il nous

---

1. **Édifice :** bâtiment.
2. **Ébène :** bois de couleur noire.
3. **Vestibule :** entrée d'une maison.
4. **Monceau :** tas.
5. **Broches à rôtir :** tiges de métal utilisées pour faire rôtir la viande.
6. **Horrible figure d'homme :** tout le récit qui suit est copié de l'épisode du Cyclope de *L'Odyssée* d'Homère.
7. **Ardent :** en feu, embrasé.
8. **Aiguës :** pointues.
9. **À la fin :** enfin, finalement.

LXXVᵉ nuit

eut bien considérés[1], il s'avança vers nous, et, s'étant approché, il étendit la main sur moi, me prit par la nuque du col, et me tourna de tous côtés, comme un boucher qui manie[2] une tête de mouton. Après m'avoir bien regardé, voyant que j'étais si maigre que je n'avais que la peau et les os, il me lâcha. Il prit les autres tour à tour, les examina de la même manière, et, comme le capitaine était le plus gras de tout l'équipage, il le tint d'une main ainsi que j'aurais tenu un moineau, et lui passa une broche au travers du corps ; ayant ensuite allumé un grand feu, il le fit rôtir, et le mangea à son souper, dans l'appartement où il s'était retiré. Ce repas achevé, il revint sous le vestibule, où il se coucha et s'endormit en ronflant d'une manière plus bruyante que le tonnerre. Son sommeil dura jusqu'au lendemain matin. Pour nous, il ne nous fut pas possible de goûter la douceur du repos, et nous passâmes la nuit dans la plus cruelle inquiétude dont on puisse être agité. Le jour étant venu, le géant se réveilla, se leva, sortit, et nous laissa dans le palais.

« Lorsque nous le crûmes éloigné, nous rompîmes le triste silence que nous avions gardé toute la nuit, et, nous affligeant[3] tous comme à l'envi[4] l'un de l'autre, nous fîmes retentir le palais de plaintes et de gémissements. Quoique nous fussions en assez grand nombre et que nous n'eussions qu'un seul ennemi, nous n'eûmes pas d'abord la pensée de nous délivrer de lui[5] par sa mort. Cette entreprise[6], bien que fort difficile à exécuter, était pourtant celle que nous devions naturellement former[7].

« Nous délibérâmes[8] sur plusieurs autres partis, mais nous ne nous déterminâmes à aucun, et, nous soumettant à ce qu'il plairait à Dieu d'ordonner de notre sort, nous passâmes la journée à parcourir l'île en nous nourrissant de fruits et de plantes comme

---

1. **Considérés** : regardés attentivement, dévisagés.
2. **Manie** : manipule.
3. **Nous affligeant** : nous plaignant.
4. **Comme à l'envi** : à qui mieux mieux.
5. **Nous délivrer de lui** : nous débarrasser de lui.
6. **Entreprise** : projet.
7. **Former** : concevoir, élaborer.
8. **Nous délibérâmes** : nous discutâmes d'une décision à prendre.

Troisième voyage de Sindbad le marin

le jour précédent. Sur le soir, nous cherchâmes quelque endroit à nous mettre à couvert[1] ; mais nous n'en trouvâmes point, et nous fûmes obligés malgré nous de retourner au palais.

« Le géant ne manqua pas d'y revenir et de souper encore d'un de nos compagnons, après quoi il s'endormit et ronfla jusqu'au jour ; après quoi il sortit, et nous laissa comme il avait déjà fait. Notre condition nous parut si affreuse que plusieurs de nos camarades furent sur le point d'aller se précipiter dans la mer, plutôt que d'attendre une mort si étrange ; et ceux-là excitaient[2] les autres à suivre leur conseil. Mais un de la compagnie, prenant alors la parole : « Il nous est défendu, dit-il, de nous donner nous-mêmes la mort ; et, quand cela serait permis, n'est-il pas plus raisonnable que nous songions[3] au moyen de nous défaire[4] du barbare qui nous destine à[5] un trépas si funeste ? »

« Comme il m'était venu dans l'esprit un projet sur cela, je le communiquai à mes camarades, qui l'approuvèrent. « Mes frères, leur dis-je alors, vous savez qu'il y a beaucoup de bois le long de la mer ; si vous m'en croyez, construisons plusieurs radeaux qui puissent nous porter, et, dès qu'ils seront achevés, nous les laisserons sur la côte jusqu'à ce que nous jugions à propos[6] de nous en servir. Cependant, nous exécuterons le dessein que je vous ai proposé pour nous délivrer du géant : s'il réussit, nous pourrons attendre ici avec patience qu'il passe quelque vaisseau qui nous retire de cette île fatale ; si au contraire nous manquons notre coup, nous gagnerons promptement[7] nos radeaux, et nous nous mettrons en mer. J'avoue qu'en nous exposant à la fureur des flots sur de si fragiles bâtiments[8], nous courons risque de perdre la vie ; mais, quand nous devrions périr, n'est-il pas plus doux de nous laisser

---

1. **Nous mettre à couvert** : nous protéger.
2. **Excitaient** : incitaient vivement.
3. **Nous songions** : nous pensions.
4. **De nous défaire** : de nous débarrasser.
5. **Nous destine à** : nous réserve.
6. **Nous jugions à propos** : nous estimions qu'il est temps de, opportun de.
7. **Promptement** : rapidement.
8. **Bâtiments** : bateaux.

LXXVIe nuit

ensevelir dans¹ la mer que dans les entrailles² de ce monstre, qui a déjà dévoré deux de nos compagnons ? » Mon avis fut goûté de tout le monde³, et nous construisîmes des radeaux capables de
135 porter trois personnes.

Nous retournâmes au palais vers la fin du jour, et le géant y arriva peu de temps après nous. Il fallut encore nous résoudre à voir rôtir un de nos camarades. Mais enfin voici de quelle manière nous nous vengeâmes de la cruauté du géant. Après qu'il eut
140 achevé son détestable souper, il se coucha sur le dos et s'endormit. D'abord que⁴ nous l'entendîmes ronfler selon sa coutume, neuf des plus hardis d'entre nous et moi, nous prîmes chacun une broche, nous en mîmes la pointe dans le feu pour la faire rougir, et ensuite nous la lui enfonçâmes dans l'œil en même temps, et nous le lui
145 crevâmes.

« La douleur que sentit le géant lui fit pousser un cri effroyable. Il se leva brusquement, et étendit les mains de tous côtés pour se saisir de quelqu'un de nous⁵, afin de le sacrifier à sa rage ; mais nous eûmes le temps de nous éloigner de lui, et de nous jeter
150 contre terre dans des endroits où il ne pouvait nous rencontrer sous ses pieds. Après nous avoir cherchés vainement, il trouva la porte à tâtons et sortit avec des hurlements épouvantables... »

Schéhérazade n'en dit pas davantage cette nuit ; mais la nuit suivante elle reprit ainsi cette histoire :

LXXVIe nuit

155 « Nous sortîmes du palais après le géant, poursuivit Sindbad, et nous nous rendîmes au bord de la mer dans l'endroit où étaient

---

1. **Ensevelir dans** : plonger dans.
2. **Entrailles** : viscères, tout ce qui constitue l'intérieur du ventre.
3. **Mon avis fut goûté de tout le monde** : mon avis fut apprécié par tous.
4. **D'abord que** : dès que.
5. **De quelqu'un de nous** : de l'un d'entre nous.

Troisième voyage de Sindbad le marin

nos radeaux. Nous les mîmes d'abord à l'eau, et nous attendîmes qu'il fît jour pour nous jeter dessus, supposé que nous vissions le géant venir à nous avec quelque guide de son espèce ; mais nous nous flattions que, s'il ne paraissait pas lorsque le soleil serait levé, et que nous n'entendissions plus ses hurlements, que nous ne cessions pas d'ouïr, ce serait une marque qu'il aurait perdu la vie, et, en ce cas, nous nous proposions de rester dans l'île et de ne pas nous risquer sur nos radeaux. Mais à peine fut-il jour que nous aperçûmes notre cruel ennemi, accompagné de deux géants à peu près de sa grandeur qui le conduisaient, et d'un assez grand nombre d'autres encore qui marchaient devant lui à pas précipités.

« À cet objet, nous ne balançâmes point[1] à nous jeter sur nos radeaux, et nous commençâmes à nous éloigner du rivage à force de rames. Les géants, qui s'en aperçurent, se munirent de grosses pierres, accoururent sur la rive, entrèrent même dans l'eau jusqu'à la moitié du corps, et nous les jetèrent si adroitement qu'à la réserve du radeau[2] sur lequel j'étais tous les autres en furent brisés, et les hommes qui étaient dessus se noyèrent. Pour moi et mes deux compagnons, comme nous ramions de toutes nos forces, nous nous trouvâmes les plus avancés dans la mer et hors de la portée des pierres.

« Quand nous fûmes en pleine mer, nous devînmes le jouet du vent et des flots qui nous jetaient tantôt d'un côté, et tantôt d'un autre, et nous passâmes ce jour-là et la nuit suivante dans une cruelle incertitude de notre destinée ; mais le lendemain nous eûmes le bonheur d'être poussés contre une île où nous nous sauvâmes avec bien de la joie. Nous y trouvâmes d'excellents fruits, qui nous furent d'un grand secours pour réparer les forces que nous avions perdues.

« Sur le soir, nous nous endormîmes sur le bord de la mer ; mais nous fûmes réveillés par le bruit qu'un serpent long comme un palmier faisait de ses écailles en rampant sur la terre. Il se trouva si près de nous qu'il engloutit un de mes deux camarades, malgré les cris et les efforts qu'il put faire pour se débarrasser du serpent, qui, le secouant à plusieurs reprises, l'écrasa contre terre et acheva de

---

1. **Nous ne balançâmes point :** nous n'hésitâmes point.
2. **À la réserve du radeau :** mis à part le radeau, à l'exception du radeau.

LXXVIe nuit

l'avaler. Nous prîmes aussitôt la fuite, l'autre camarade et moi ; et, quoique nous fussions assez éloignés, nous entendîmes, quelque temps après, un bruit qui nous fit juger que le serpent rendait les os[1] du malheureux qu'il avait surpris. En effet, nous les vîmes le lendemain avec horreur. « Ô Dieu ! m'écriai-je alors, à quoi nous sommes-nous exposés ! Nous nous réjouissions hier d'avoir dérobé nos vies à la cruauté[2] d'un géant et à la fureur des eaux, et nous voilà tombés dans un péril qui n'est pas moins terrible. »

« Nous remarquâmes, en nous promenant, un gros arbre fort haut, sur lequel nous projetâmes de passer la nuit suivante pour nous mettre en sûreté. Nous mangeâmes encore des fruits comme le jour précédent ; et, à la fin du jour, nous montâmes sur l'arbre. Nous entendîmes bientôt le serpent, qui vint en sifflant jusqu'au pied de l'arbre où nous étions. Il s'éleva contre le tronc, et, rencontrant mon camarade qui était plus bas que moi, il l'engloutit tout d'un coup, et se retira.

« Je demeurai sur l'arbre jusqu'au jour, et alors j'en descendis plus mort que vif. Effectivement, je ne pouvais attendre un autre sort que celui de mes deux compagnons, et, cette pensée me faisant frémir d'horreur, je fis quelques pas pour m'aller jeter dans la mer ; mais, comme il est doux de vivre le plus longtemps qu'on peut, je résistai à ce mouvement de désespoir, et me soumis à la volonté de Dieu qui dispose à son gré[3] de nos vies.

« Je ne laissai pas[4] toutefois d'amasser une grande quantité de menu bois[5], de ronces et d'épines sèches. J'en fis plusieurs fagots que je liai ensemble, après en avoir fait un grand cercle autour de l'arbre, et j'en liai quelques-uns en travers par-dessus pour me couvrir la tête. Cela étant fait, je m'enfermai dans ce cercle à l'entrée de la nuit, avec la triste consolation de n'avoir rien négligé pour me garantir[6] du cruel sort qui me menaçait. Le serpent ne manqua pas

---

1. **Que le serpent rendait les os :** que le serpent recrachait les os après avoir mangé la chair.
2. **D'avoir dérobé nos vies à la cruauté :** d'avoir sauvé nos vies de la cruauté.
3. **À son gré :** à son bon vouloir, comme il veut.
4. **Je ne laissai pas :** je ne manquai pas.
5. **Menu bois :** petits morceaux de bois.
6. **Rien négligé pour me garantir :** rien omis pour me protéger.

Troisième voyage de Sindbad le marin

de revenir et de tourner autour de l'arbre, cherchant à me dévorer ; mais il n'y put réussir à cause du rempart que je m'étais fabriqué, et il fit en vain, jusqu'au jour, le manège[1] d'un chat qui assiège une souris dans un asile[2] qu'il ne peut forcer. Enfin, le jour étant venu, il se retira ; mais je n'osai sortir de mon fort[3] que le soleil ne parût.

« Je me trouvai si fatigué du travail qu'il m'avait donné, j'avais tant souffert de son haleine empestée[4], que, la mort me paraissant préférable à cette horreur, je m'éloignai de l'arbre ; et, sans me souvenir de la résignation[5] où j'étais le jour précédent, je courus vers la mer dans le dessein de m'y précipiter la tête la première... »

À ces mots, Schéhérazade, voyant qu'il était jour, cessa de parler. Le lendemain, elle continua cette histoire, et dit au sultan :

LXXVIIe nuit

SIRE, Sindbad, poursuivant son troisième voyage :

« Dieu, dit-il, fut touché de mon désespoir : dans le temps que j'allais me jeter dans la mer, j'aperçus un navire assez éloigné du rivage. Je criai de toute ma force pour me faire entendre, et je dépliai la toile de mon turban pour qu'on me remarquât. Cela ne fut pas inutile : tout l'équipage m'aperçut, et le capitaine m'envoya la chaloupe. Quand je fus à bord, les marchands et les matelots me demandèrent avec beaucoup d'empressement par quelle aventure je m'étais trouvé dans cette île déserte ; et, après que je leur eus raconté tout ce qui m'était arrivé, les plus anciens me dirent qu'ils avaient plusieurs fois entendu parler des géants qui demeuraient dans cette île ; qu'on leur avait assuré que c'étaient des anthropo-

---

1. **Le manège :** le stratagème, la manœuvre.
2. **Asile :** abri, refuge.
3. **Fort :** forteresse, lieu dans lequel on se protège des assaillants.
4. **Empestée :** puante, nauséabonde.
5. **Résignation :** résolution.

LXXVIIᵉ nuit

phages[1], et qu'ils mangeaient les hommes crus aussi bien que rôtis. À l'égard des serpents, ils ajoutèrent qu'il y en avait en abondance dans cette île ; qu'ils se cachaient le jour, et se montraient la nuit. Après qu'ils m'eurent témoigné qu'ils avaient bien de la joie de me voir échappé de tant de périls, comme ils ne doutaient pas que je n'eusse besoin de manger, ils s'empressèrent de me régaler de[2] ce qu'ils avaient de meilleur ; et le capitaine, remarquant que mon habit était tout en lambeaux, eut la générosité de m'en faire donner un des siens.

« Nous courûmes la mer quelque temps ; nous touchâmes à plusieurs îles, et nous abordâmes enfin à celle de Salahat, d'où l'on tire le sandal[3], qui est un bois de grand usage dans la médecine. Nous entrâmes dans le port, et nous y mouillâmes. Les marchands commencèrent à faire débarquer leurs marchandises pour les vendre ou les échanger. Pendant ce temps-là, le capitaine m'appela et me dit : « Frère, j'ai en dépôt des marchandises qui appartenaient à un marchand qui a navigué quelque temps sur mon navire. Comme ce marchand est mort, je les fais valoir, pour en rendre compte à ses héritiers lorsque j'en rencontrerai quelqu'un. » Les ballots dont il entendait parler étaient déjà sur le tillac. Il me les montra en me disant : « Voilà les marchandises en question ; j'espère que vous voudrez bien vous charger d'en faire commerce, sous la condition du droit dû à la peine que vous prendrez[4]. » J'y consentis[5], en le remerciant de ce qu'il me donnait occasion de ne pas demeurer oisif[6].

« L'écrivain[7] du navire enregistrait tous les ballots avec les noms des marchands à qui ils appartenaient. Comme il demandait au capitaine sous quel nom il voulait qu'il enregistrât ceux dont il venait de me charger : « Écrivez, lui répondit le capitaine, sous le nom de Sindbad le marin. » Je ne pus m'entendre nommer sans

---

1. **Anthropophages :** qui mangent les hommes, cannibales.
2. **Me régaler de :** me nourrir de.
3. **Sandal :** santal.
4. **Sous la condition du droit dû à la peine que vous prendrez :** à la condition que vous soyez payé pour le travail fourni.
5. **J'y consentis :** j'acceptai.
6. **Oisif :** inactif.
7. **L'écrivain :** celui qui tient le registre des écritures.

Troisième voyage de Sindbad le marin

émotion ; et, envisageant le capitaine, je le reconnus pour celui qui, dans mon second voyage, m'avait abandonné dans l'île où je m'étais endormi au bord d'un ruisseau, et qui avait remis à la voile sans m'attendre ou me faire chercher. Je ne me l'étais pas remis d'abord[1] à cause du changement qui s'était fait en sa personne depuis le temps que je ne l'avais vu.

« Pour lui, qui me croyait mort, il ne faut pas s'étonner s'il ne me reconnut pas. « Capitaine, lui dis-je, est-ce que le marchand à qui étaient ces ballots s'appelait Sindbad ? – Oui, me répondit-il, il se nommait de la sorte ; il était de Bagdad, et il s'était embarqué sur mon vaisseau à Balsora. Un jour que nous descendîmes dans une île pour faire de l'eau et prendre quelques rafraîchissements, je ne sais par quelle méprise je remis à la voile sans prendre garde qu'il ne s'était pas rembarqué avec les autres. Nous ne nous en aperçûmes, les marchands et moi, que quatre heures après. Nous avions le vent en poupe[2], et si frais qu'il ne nous fut pas possible de revirer de bord[3] pour aller le reprendre. – Vous le croyez donc mort ? repris-je. – Assurément, repartit-il. – Hé bien ! capitaine, lui répliquai-je, ouvrez les yeux, et connaissez[4] ce Sindbad que vous laissâtes dans cette île déserte ! Je m'endormis au bord d'un ruisseau, et, quand je me réveillai, je ne vis plus personne de l'équipage. » À ces mots, le capitaine s'attacha à me regarder[5]... »

Schéhérazade, en cet endroit, s'apercevant qu'il était jour, fut obligée de garder le silence. Le lendemain, elle reprit ainsi le fil de sa narration :

---

1. **Je ne me l'étais pas remis d'abord** : je ne l'avais d'abord pas reconnu.
2. **Le vent en poupe** : qui nous poussait à l'arrière, donc favorable à une vive allure.
3. **Revirer de bord** : changer de cap.
4. **Connaissez** : reconnaissez.
5. **S'attacha à me regarder** : se mit à me regarder attentivement.

LXXVIIIe nuit

« LE CAPITAINE, dit Sindbad, après m'avoir fort attentivement considéré, me reconnut enfin. « Dieu soit loué ! s'écria-t-il en m'embrassant ; je suis ravi que la fortune ait réparé ma faute. Voilà vos marchandises que j'ai toujours pris soin de conserver et de faire valoir dans tous les ports où j'ai abordé. Je vous les rends avec le profit[1] que j'en ai tiré. » Je les pris, en témoignant au capitaine toute la reconnaissance que je lui devais.

« De l'île de Salahat, nous allâmes à une autre, où je me fournis[2] de clous de girofle, de cannelle et d'autres épiceries. Quand nous nous en fûmes éloignés, nous vîmes une tortue qui avait vingt coudées[3] en longueur et en largeur ; nous remarquâmes aussi un poisson qui tenait de la vache[4] ; il avait du lait, et sa peau est d'une si grande dureté qu'on en fait ordinairement des boucliers. J'en vis un autre qui avait la figure et la couleur d'un chameau. Enfin, après une longue navigation, j'arrivai à Balsora, et de là je revins en cette ville de Bagdad avec tant de richesses que j'en ignorais la quantité. J'en donnai encore aux pauvres une partie considérable, et j'ajoutai d'autres grandes terres à celles que j'avais déjà acquises. »

Sindbad acheva ainsi l'histoire de son troisième voyage. Il fit donner ensuite cent autres sequins à Hindbad, en l'invitant au repas du lendemain et au récit du quatrième voyage. Hindbad et la compagnie se retirèrent ; et, le jour suivant étant revenu, Sindbad prit la parole sur la fin du dîner, et continua ses aventures.

---

1. **Profit :** bénéfice.
2. **Je me fournis :** je me procurai, je m'approvisionnai de.
3. **Coudées :** ancienne mesure de longueur.
4. **Qui tenait de la vache :** qui ressemblait à une vache.

QUATRIÈME VOYAGE DE SINDBAD LE MARIN

« Les plaisirs, dit-il, et les divertissements que je pris après mon troisième voyage n'eurent pas des charmes assez puissants pour me déterminer à ne pas voyager davantage. Je me laissai encore entraîner à la passion de trafiquer[1] et de voir des choses nouvelles. Je mis donc ordre à mes affaires, et, ayant fait un fonds de marchandises de débit[2] dans les lieux où j'avais dessein d'aller, je partis. Je pris la route de la Perse[3], dont je traversai plusieurs provinces, et j'arrivai à un port de mer où je m'embarquai. Nous mîmes à la voile[4], et nous avions déjà touché à plusieurs ports de terre ferme et à quelques îles orientales lorsque, faisant un jour un grand trajet, nous fûmes surpris d'un coup de vent qui obligea le capitaine à faire amener les voiles[5] et à donner tous les ordres nécessaires pour prévenir le danger dont nous étions menacés. Mais toutes nos précautions furent inutiles ; la manœuvre ne réussit pas bien ; les voiles furent déchirées en mille pièces, et le vaisseau, ne pouvant plus être gouverné, donna sur une sèche[6], et se brisa de manière qu'un grand nombre de marchands et de matelots se noyèrent, et que la charge périt... »

Schéhérazade en était là quand elle vit paraître le jour. Elle s'arrêta, et Schahriar se leva. La nuit suivante, elle reprit ainsi le quatrième voyage :

---

1. **Trafiquer :** faire du commerce.
2. **De débit :** à débiter, à vendre au détail.
3. **Perse :** actuel Iran.
4. **Nous mîmes à la voile :** nous voguions voile au vent.
5. **Faire amener les voiles :** replier les voiles.
6. **Une sèche :** fond marin qui s'élève jusqu'à la surface de l'eau contre lequel un navire peut percuter et s'échouer.

LXXIXe nuit

« J'EUS LE BONHEUR, continua Sindbad, de même que plusieurs autres marchands et matelots, de me prendre à une planche[1]. Nous fûmes tous emportés par un courant vers une île qui était devant nous. Nous y trouvâmes des fruits et de l'eau de source qui servirent à rétablir nos forces. Nous nous y reposâmes même la nuit dans l'endroit où la mer nous avait jetés, sans avoir pris aucun parti[2] sur ce que nous devions faire. L'abattement[3] où nous étions de notre disgrâce[4] nous en avait empêchés.

« Le jour suivant, d'abord que[5] le soleil fut levé, nous nous éloignâmes du rivage ; et, nous avançant dans l'île, nous y aperçûmes des habitations, où nous nous rendîmes. À notre arrivée, des Noirs vinrent à nous en très grand nombre ; ils nous environnèrent, se saisirent de nos personnes, en firent une espèce de partage, et nous conduisirent ensuite dans leurs maisons.

« Nous fûmes menés, cinq de mes camarades et moi, dans un même lieu. D'abord on nous fit asseoir, et l'on nous servit d'une certaine herbe, en nous invitant par signes à en manger. Mes camarades, sans faire réflexion que ceux qui la servaient n'en mangeaient pas, ne consultèrent que leur faim[6] qui les pressait, et se jetèrent dessus ces mets[7] avec avidité. Pour moi, par un pressentiment de quelque supercherie[8], je ne voulus pas seulement en goûter, et je m'en trouvai bien : car, peu de temps après, je m'aperçus que l'esprit avait tourné à mes compagnons[9], et qu'en me parlant ils ne savaient ce qu'ils disaient.

---

1. **Me prendre à une planche :** m'accrocher à une planche.
2. **Sans avoir pris aucun parti :** sans avoir pris aucune décision.
3. **Abattement :** épuisement.
4. **Disgrâce :** malchance, malheur, infortune.
5. **D'abord que :** dès que.
6. **Ne consultèrent que leur faim :** n'écoutèrent que leur faim.
7. **Se jetèrent dessus ces mets :** se jetèrent sur ces mets.
8. **Supercherie :** piège.
9. **L'esprit avait tourné à mes compagnons :** mes compagnons étaient devenus fous.

Quatrième voyage de Sindbad le marin

— « On nous servit ensuite du riz préparé avec de l'huile de coco, et mes camarades, qui n'avaient plus de raison[1], en mangèrent extraordinairement[2]. J'en mangeai aussi, mais fort peu. Les Noirs nous avaient d'abord présenté de cette herbe pour nous troubler l'esprit, et nous ôter par là le chagrin que la triste connaissance de notre sort nous devait causer ; et ils nous donnaient du riz pour nous engraisser. Comme ils étaient anthropophages[3], leur intention était de nous manger quand nous serions devenus gras. C'est ce qui arriva à mes camarades, qui ignoraient leur destinée parce qu'ils avaient perdu leur bon sens. Puisque j'avais conservé le mien, vous jugez bien, Seigneurs, qu'au lieu d'engraisser comme les autres je devins encore plus maigre que je n'étais. La crainte de la mort, dont j'étais incessamment[4] frappé, tournait en poison[5] tous les aliments que je prenais. Je tombai dans une langueur[6] qui me fut fort salutaire[7] : car les Noirs, ayant assommé et mangé mes compagnons, en demeurèrent là ; et, me voyant sec, décharné[8], malade, ils remirent ma mort à un autre temps.

« Cependant j'avais beaucoup de liberté, et l'on ne prenait presque pas garde à mes actions. Cela me donna lieu de[9] m'éloigner un jour des habitations des Noirs et de me sauver. Un vieillard qui m'aperçut, et qui se douta de mon dessein, me cria de toute sa force de revenir ; mais, au lieu de lui obéir, je redoublai mes pas[10], et je fus bientôt hors de sa vue. Il n'y avait alors que ce vieillard dans les habitations ; tous les autres Noirs s'étaient absentés et ne devaient revenir que sur la fin du jour, ce qu'ils avaient coutume de faire assez souvent. C'est pourquoi, étant assuré qu'ils ne

---

1. **Raison** : bon sens.
2. **Extraordinairement** : littéralement, « de façon non ordinaire », c'est-à-dire beaucoup trop.
3. **Anthropophages** : cannibales.
4. **Incessamment** : sans cesse.
5. **Tournait en poison** : rendait comme du poison.
6. **Langueur** : faiblesse.
7. **Salutaire** : bonne pour mon salut, ma survie.
8. **Décharné** : très maigre, qui n'a plus de chair.
9. **Cela me donna lieu de** : cela me permit de.
10. **Je redoublai mes pas** : j'accélérai.

seraient plus à temps¹ de courir après moi lorsqu'ils apprendraient ma fuite, je marchai jusqu'à la nuit, où je m'arrêtai pour prendre un peu de repos et manger de quelques vivres dont j'avais fait provision. Mais je repris bientôt mon chemin, et continuai de marcher pendant sept jours, en évitant les endroits qui me paraissaient habités. Je vivais de cocos, qui me fournissaient en même temps de quoi boire et de quoi manger.

« Le huitième jour, j'arrivai près de la mer, et j'aperçus tout à coup des gens blancs comme moi, occupés à cueillir du poivre, dont il y avait là une grande abondance. Leur occupation me fut de bon augure², et je ne fis nulle difficulté de m'approcher d'eux... »

Schéhérazade n'en dit pas davantage cette nuit, et, la suivante, elle poursuivit dans ces termes :

LXXXᵉ nuit

« LES GENS qui cueillaient du poivre, continua Sindbad, vinrent au-devant de moi. Dès qu'ils me virent, ils me demandèrent en arabe qui j'étais et d'où je venais. Ravi de les entendre parler comme moi, je satisfis volontiers leur curiosité en leur racontant de quelle manière j'avais fait naufrage et étais venu dans cette île, où j'étais tombé entre les mains des Noirs. « Mais ces Noirs, me dirent-ils, mangent les hommes ! Par quel miracle êtes-vous échappé à leur cruauté ? » Je leur fis le même récit que vous venez d'entendre, et ils en furent merveilleusement étonnés.

« Je demeurai avec eux jusqu'à ce qu'ils eussent amassé la quantité de poivre qu'ils voulurent ; après quoi ils me firent embarquer sur le bâtiment qui les avait amenés, et nous nous rendîmes dans une autre île d'où ils étaient venus. Ils me présentèrent à leur roi, qui était un bon prince. Il eut la patience d'écouter le récit de mon

---

1. **Ils ne seraient plus à temps :** ils n'auraient plus le temps.
2. **Me fut de bonne augure :** me fit bonne impression, m'engagea à.

Quatrième voyage de Sindbad le marin

aventure, qui le surprit. Il me fit donner ensuite des habits et commanda qu'on eût soin de moi.

« L'île où je me trouvais était fort peuplée et abondante en toutes sortes de choses, et l'on faisait un grand commerce dans la ville où le roi demeurait. Cet agréable asile commença à me consoler de mon malheur ; et les bontés que ce généreux prince avait pour moi achevèrent de me rendre content. En effet, il n'y avait personne qui fût mieux que moi dans son esprit[1], et par conséquent il n'y avait personne dans sa cour ni dans la ville qui ne cherchât l'occasion de me faire plaisir. Ainsi je fus bientôt regardé comme un homme né dans cette île, plutôt que comme un étranger.

« Je remarquai une chose qui me parut bien extraordinaire : tout le monde, le roi même, montait à cheval sans bride[2] et sans étriers. Cela me fit prendre la liberté de lui demander un jour pourquoi Sa Majesté ne se servait pas de ces commodités[3]. Il me répondit que je lui parlais de choses dont on ignorait l'usage en ses États.

« J'allai aussitôt chez un ouvrier, et je lui fis dresser le bois d'une selle sur le modèle que je lui donnai. Le bois de la selle achevé, je le garnis moi-même de bourre[4] et de cuir, et l'ornai d'une broderie d'or. Je m'adressai ensuite à un serrurier, qui me fit un mors[5] de la forme que je lui montrai, et je lui fis faire aussi des étriers.

« Quand ces choses furent dans un état parfait, j'allai les présenter au roi, et les essayai sur un de ses chevaux. Ce prince monta dessus, et fut si satisfait de cette invention qu'il m'en témoigna sa joie par de grandes largesses[6]. Je ne pus me défendre de[7] faire plusieurs selles pour ses ministres et pour les principaux officiers de sa maison, qui me firent tous des présents qui m'enrichirent en peu de temps. J'en fis aussi pour les personnes les plus qualifiées

---

1. **Qui fût mieux que moi dans son esprit** : qui soit plus apprécié de lui que moi.
2. **Bride** : rênes qui permettent de diriger le cheval.
3. **Commodités** : moyens pratiques.
4. **Bourre** : boules de poils ou de laine qui servent à rembourrer la selle.
5. **Mors** : morceau de métal relié aux rênes du cheval et qui le blesse s'il n'obéit pas au cavalier.
6. **Largesses** : générosités, cadeaux.
7. **Je ne pus me défendre de** : je ne pus m'empêcher de.

LXXXe nuit

de la ville¹ ; ce qui me mit dans une grande réputation, et me fit considérer de tout le monde.

« Comme je faisais ma cour au roi très exactement², il me dit un jour : « Sindbad, je t'aime, et je sais que tous mes sujets qui te connaissent te chérissent à mon exemple. J'ai une prière à te faire, et il faut que tu m'accordes ce que je vais te demander. — Sire, lui répondis-je, il n'y a rien que je ne sois prêt de faire pour marquer mon obéissance à Votre Majesté ; elle a sur moi un pouvoir absolu. — Je veux te marier, répliqua le roi, afin que le mariage t'arrête en mes États et que tu ne songes plus à ta patrie. » Comme je n'osais résister à la volonté du prince, il me donna pour femme une dame de sa cour, noble, belle, sage et riche. Après les cérémonies des noces, je m'établis chez la dame, avec laquelle je vécus quelque temps dans une union parfaite. Néanmoins je n'étais pas trop content de mon état. Mon dessein était de m'échapper à la première occasion et de retourner à Bagdad, dont mon établissement³, tout avantageux qu'il était, ne pouvait me faire perdre le souvenir.

« J'étais dans ces sentiments, lorsque la femme d'un de mes voisins, avec lequel j'avais contracté une amitié fort étroite, tomba malade et mourut. J'allai chez lui pour le consoler ; et, le trouvant plongé dans la plus vive affliction : « Dieu vous conserve, lui dis-je en l'abordant, et vous donne une longue vie ! — Hélas ! me répondit-il, comment voulez-vous que j'obtienne la grâce que vous me souhaitez ? Je n'ai plus qu'une heure à vivre. — Oh ! repris-je, ne vous mettez pas dans l'esprit une pensée si funeste⁴ ; j'espère que cela n'arrivera pas, et que j'aurai le plaisir de vous posséder⁵ encore longtemps. — Je souhaite, répliqua-t-il, que votre vie soit de longue durée ; pour ce qui est de moi, mes affaires sont faites, et je vous apprends que l'on m'enterre aujourd'hui avec ma femme. Telle est la coutume que nos ancêtres ont établie dans cette île, et qu'ils ont

---

1. **Les personnes les plus qualifiées de la ville :** les notables.
2. **Exactement :** régulièrement.
3. **Mon établissement :** ma situation.
4. **Funeste :** macabre.
5. **Vous posséder :** vous avoir comme ami.

Quatrième voyage de Sindbad le marin

inviolablement[1] gardée : le mari vivant est enterré avec la femme morte, et la femme vivante avec le mari mort. Rien ne peut me sauver ; tout le monde subit cette loi. »

« Dans le temps qu'il m'entretenait de cette étrange barbarie, dont la nouvelle m'effraya cruellement, les parents, les amis et les voisins arrivèrent en corps[2] pour assister aux funérailles. On revêtit le cadavre de la femme de ses habits les plus riches, comme au jour de ses noces, et on la para de tous ses joyaux[3].

« On l'enleva ensuite dans une bière[4] découverte, et le convoi se mit en marche. Le mari était à la tête du deuil et suivait le corps de sa femme. On prit le chemin d'une haute montagne ; et, lorsqu'on y fut arrivé, on leva une grosse pierre qui couvrait l'ouverture d'un puits profond, et l'on y descendit le cadavre, sans lui rien ôter de ses habillements et de ses joyaux. Après cela, le mari embrassa[5] ses parents et ses amis, et se laissa mettre dans une bière sans résistance, avec un pot d'eau et sept petits pains auprès de lui ; puis on le descendit de la même manière qu'on avait descendu sa femme. La montagne s'étendait en longueur et servait de bornes à la mer, et le puits était très profond. La cérémonie achevée, on remit la pierre sur l'ouverture.

« Il n'est pas besoin, Messeigneurs, de vous dire que je fus un fort triste témoin de ces funérailles. Toutes les autres personnes qui y assistèrent n'en parurent presque pas touchées, par l'habitude de voir souvent la même chose. Je ne pus m'empêcher de dire au roi ce que je pensais là-dessus. « Sire, lui dis-je, je ne saurais assez m'étonner de l'étrange coutume qu'on a dans vos États d'enterrer les vivants avec les morts. J'ai bien voyagé, j'ai fréquenté des gens d'une infinité de nations, et je n'ai jamais entendu parler d'une loi si cruelle. – Que veux-tu, Sindbad ? me répondit le roi ; c'est une loi commune, et j'y suis soumis moi-même : je serai enterré vivant avec la reine mon épouse, si elle meurt la première. – Mais, Sire, lui dis-je, oserais-je demander à Votre Majesté si les étrangers sont

---

1. **Inviolablement :** sans l'avoir jamais violée.
2. **En corps :** en cortège.
3. **Joyaux :** bijoux.
4. **Bière :** cercueil.
5. **Embrassa :** en langue classique, cela signifiait « serra dans ses bras ».

obligés d'observer[1] cette coutume ? – Sans doute, repartit le roi en souriant du motif[2] de ma question, ils n'en sont pas exceptés[3] lorsqu'ils sont mariés dans cette île. »

« Je m'en retournai tristement au logis avec cette réponse. La crainte que ma femme ne mourût la première et qu'on ne m'enterrât tout vivant avec elle me faisait faire des réflexions très mortifiantes[4]. Cependant, quel remède apporter à ce mal ? Il fallut prendre patience, et m'en remettre à la volonté de Dieu. Néanmoins, je tremblais à la moindre indisposition que je voyais à ma femme ; mais, hélas ! j'eus bientôt la frayeur tout entière. Elle tomba véritablement malade, et mourut en peu de jours... »

Schéhérazade, à ces mots, mit fin à son discours pour cette nuit. Le lendemain, elle en reprit la suite de cette manière :

LXXXIe nuit

« JUGEZ de ma douleur, poursuivit Sindbad : être enterré tout vif[5] ne me paraissait pas une fin moins déplorable que celle d'être dévoré par des anthropophages ; il fallait pourtant en passer par là. Le roi, accompagné de toute sa cour, voulut honorer de sa présence le convoi ; et les personnes les plus considérables de la ville me firent aussi l'honneur d'assister à mon enterrement.

« Lorsque tout fut prêt pour la cérémonie, on posa le corps de ma femme dans une bière[6] avec tous ses joyaux et ses plus magnifiques habits. On commença la marche. Comme second acteur de cette pitoyable tragédie, je suivais immédiatement la bière de ma femme, les yeux baignés de larmes et déplorant mon malheureux

---

1. **Observer** : respecter.
2. **Motif** : raison.
3. **Exceptés** : dispensés.
4. **Mortifiantes** : douloureuses.
5. **Tout vif** : bien vivant.
6. **Bière** : cercueil.

Quatrième voyage de Sindbad le marin

destin. Avant que d'arriver à la montagne, je voulus faire une tentative sur l'esprit des spectateurs[1]. Je m'adressai au roi premièrement, ensuite à tous ceux qui se trouvèrent autour de moi ; et, m'inclinant devant eux jusqu'à terre pour baiser le bord de leur habit, je les suppliais d'avoir compassion de moi[2]. « Considérez, disais-je, que je suis un étranger qui ne doit pas être soumis à une loi si rigoureuse, et que j'ai une autre femme[3] et des enfants dans mon pays. » J'eus beau prononcer ces paroles d'un air touchant, personne n'en fut attendri ; au contraire, on se hâta de descendre le corps de ma femme dans le puits, et l'on m'y descendit un moment après dans une autre bière découverte, avec un vase rempli d'eau et sept pains. Enfin, cette cérémonie si funeste[4] pour moi étant achevée, on remit la pierre sur l'ouverture du puits, nonobstant[5] l'excès de ma douleur et mes cris pitoyables.

« À mesure que j'approchais du fond, je découvrais, à la faveur du peu de lumière qui venait d'en haut, la disposition de ce lieu souterrain. C'était une grotte fort vaste, et qui pouvait bien avoir cinquante coudées de profondeur. Je sentis bientôt une puanteur insupportable, qui sortait d'une infinité de cadavres que je voyais à droite et à gauche ; je crus même entendre quelques-uns des derniers qu'on y avait descendus vifs[6] pousser les derniers soupirs. Néanmoins, lorsque je fus en bas, je sortis promptement[7] de la bière et m'éloignai des cadavres en me bouchant le nez. Je me jetai par terre, où je demeurai longtemps plongé dans les pleurs. Alors, faisant réflexion sur mon triste sort : « Il est vrai, disais-je, que Dieu dispose de nous selon les décrets[8] de sa providence[9] ; mais, pauvre Sindbad, n'est-ce pas par ta faute que tu te vois réduit à

---

1. **Tentative sur l'esprit des spectateurs** : un essai pour convaincre, émouvoir le public.
2. **D'avoir compassion de moi** : d'avoir pitié de moi.
3. **J'ai une autre femme** : Sindbad, musulman, est polygame.
4. **Funeste** : mortelle.
5. **Nonobstant** : malgré.
6. **Vifs** : vivants.
7. **Promptement** : rapidement.
8. **Décrets** : décisions solennelles.
9. **Providence** : sage gouvernement de Dieu sur la création.

LXXXIIe nuit

mourir d'une mort si étrange ? Plût à Dieu que tu eusses péri dans quelqu'un des naufrages dont tu es échappé ! tu n'aurais point à mourir d'un trépas si lent et si terrible en toutes ses circonstances. Mais tu te l'es attiré par ta maudite avarice. Ah ! malheureux ! ne devais-tu pas plutôt demeurer chez toi, et jouir tranquillement du fruit de tes travaux ! »

« Telles étaient les inutiles plaintes dont je faisais retentir la grotte en me frappant la tête et l'estomac[1] de rage et de désespoir, et m'abandonnant tout entier aux pensées les plus désolantes. Néanmoins (vous le dirai-je ?) au lieu d'appeler la mort à mon secours, quelque misérable que je fusse, l'amour de la vie se fit encore sentir en moi, et me porta à prolonger mes jours. J'allai à tâtons, et en me bouchant le nez, prendre le pain et l'eau qui étaient dans ma bière, et j'en mangeai.

Quoique l'obscurité qui régnait dans la grotte fût si épaisse que l'on ne distinguait pas le jour d'avec la nuit, je ne laissai pas toutefois de retrouver ma bière ; et il me sembla que la grotte était plus spacieuse et plus remplie de cadavres qu'elle ne m'avait paru d'abord. Je vécus quelques jours de mon pain et de mon eau ; mais enfin, n'en ayant plus, je me préparai à mourir... »

Schéhérazade cessa de parler à ces derniers mots. La nuit suivante, elle reprit la parole en ces termes :

LXXXIIe nuit

« JE N'ATTENDAIS plus que la mort, continua Sindbad, lorsque j'entendis lever la pierre. On descendit un cadavre et une personne vivante. Le mort était un homme. Il est naturel de prendre des résolutions extrêmes dans les dernières extrémités. Dans le temps qu'on descendait la femme, je m'approchai de l'endroit où sa bière devait être posée ; et, quand je m'aperçus que l'on recouvrait l'ouverture du puits, je donnai sur la tête de la malheureuse

---

1. **L'estomac :** le ventre.

Quatrième voyage de Sindbad le marin

deux ou trois grands coups d'un gros os dont je m'étais saisi. Elle en fut étourdie, ou plutôt je l'assommai, et, comme je ne faisais cette action inhumaine que pour profiter du pain et de l'eau qui étaient dans la bière, j'eus des provisions pour quelques jours. Au bout de ce temps-là, on descendit encore une femme morte et un homme vivant : je tuai l'homme de la même manière, et comme, par bonheur pour moi, il y eut alors une espèce de mortalité dans la ville, je ne manquai pas de vivres[1] en mettant toujours en œuvre la même industrie.

« Un jour que je venais d'expédier[2] encore une femme, j'entendis souffler et marcher. J'avançai du côté d'où partait le bruit ; j'ouïs souffler plus fort à mon approche, et il me parut entrevoir quelque chose qui prenait la fuite. Je suivis cette espèce d'ombre, qui s'arrêtait par reprises, et soufflait toujours en fuyant à mesure que j'en approchais. Je la poursuivis si longtemps, et j'allai si loin, que j'aperçus enfin une lumière qui ressemblait à une étoile. Je continuai de marcher vers cette lumière, la perdant quelquefois selon les obstacles qui me la cachaient, mais je la retrouvais toujours ; et, à la fin, je découvris qu'elle venait par une ouverture du rocher, assez large pour y passer.

« À cette découverte, je m'arrêtai quelque temps pour me remettre de l'émotion violente avec laquelle je venais de la faire ; puis, m'étant avancé jusqu'à l'ouverture, j'y passai, et me trouvai sur le bord de la mer. Imaginez-vous l'excès de ma joie. Il fut tel que j'eus de la peine à me persuader que ce n'était pas une imagination. Lorsque je fus convaincu que c'était une chose réelle, et que mes sens furent rétablis en leur assiette[3] ordinaire, je compris que la chose que j'avais ouïe souffler et que j'avais suivie était un animal sorti de la mer, qui avait coutume d'entrer dans la grotte pour s'y repaître[4] de corps morts.

J'examinai la montagne, et remarquai qu'elle était située entre la ville et la mer, sans communication par aucun chemin, parce qu'elle était tellement escarpée que la nature ne l'avait pas rendue

---

1. **Vivres** : nourritures.
2. **Expédier** : tuer.
3. **Assiette** : disposition, état.
4. **Repaître** : nourrir.

LXXXIIe nuit

praticable. Je me prosternai sur le rivage pour remercier Dieu de la grâce qu'il venait de me faire. Je rentrai ensuite dans la grotte pour aller prendre du pain, que je revins manger à la clarté du jour de meilleur appétit que je n'avais fait depuis que l'on m'avait enterré dans ce lieu ténébreux.

« J'y retournai encore et allai ramasser à tâtons dans les bières tous les diamants, les rubis, les perles, les bracelets d'or, et enfin toutes les riches étoffes que je trouvai sous ma main ; je portai tout cela sur le bord de la mer. J'en fis plusieurs ballots[1] que je liai proprement avec des cordes qui avaient servi à descendre les bières, et dont il y avait une grande quantité. Je les laissai sur le rivage en attendant une bonne occasion, sans craindre que la pluie les gâtât[2], car alors ce n'en était pas la saison.

« Au bout de deux ou trois jours, j'aperçus un navire qui ne faisait que de sortir du port, et qui vint passer assez près de l'endroit où j'étais. Je fis signe de la toile de mon turban, et je criai de toute ma force pour me faire entendre. On m'entendit, et l'on détacha la chaloupe pour me venir prendre. À la demande que les matelots me firent, par quelle disgrâce je me trouvais en ce lieu, je répondis que je m'étais sauvé d'un naufrage depuis deux jours, avec les marchandises qu'ils voyaient. Heureusement pour moi, ces gens, sans examiner le lieu où j'étais et si ce que je leur disais était vraisemblable, se contentèrent de ma réponse et m'emmenèrent avec mes ballots.

« Quand nous fûmes arrivés à bord, le capitaine, satisfait en lui-même du plaisir qu'il me faisait et occupé du commandement du navire, eut aussi la bonté de se payer du prétendu naufrage que je lui dis avoir fait. Je lui présentai quelques-unes de mes pierreries, mais il ne voulut pas les accepter.

« Nous passâmes devant plusieurs îles, et, entre autres, devant l'île des Cloches[3], éloignée de dix journées de celle de Serendib[4], par un vent ordinaire et réglé, et de six journées de l'île de Kela[5],

---

1. **Ballots** : paquets, sacs.
2. **Gâtât** : abîmât.
3. **Île des Cloches** : ancien nom d'une île de l'océan Indien.
4. **Île de Serendib** : île de Ceylan, actuellement nommée Sri Lanka.
5. **Île de Kela** : ou Kalah, port de commerce se trouvant dans l'actuelle Malaisie.

Quatrième voyage de Sindbad le marin

où nous abordâmes. Il y a des mines de plomb, des cannes d'Inde[1] et du camphre très excellent.

« Le roi de l'île de Kela est très riche, très puissant, et son autorité s'étend sur toute l'île des Cloches, qui a deux journées d'étendue[2], et dont les habitants sont encore si barbares qu'ils mangent la chair humaine. Après que nous eûmes fait un grand commerce dans cette île, nous remîmes à la voile et abordâmes à plusieurs autres ports. Enfin j'arrivai heureusement à Bagdad avec des richesses infinies, dont il est inutile de vous faire le détail. Pour rendre grâces à Dieu[3] des faveurs qu'il m'avait faites, je fis de grandes aumônes, tant pour l'entretien de plusieurs mosquées que pour la subsistance des pauvres, et me donnai tout entier à mes parents[4] et à mes amis, en me divertissant et en faisait bonne chère avec eux. »

Sindbad finit en cet endroit le récit de son quatrième voyage, qui causa encore plus d'admiration à ses auditeurs que les trois précédents. Il fit un nouveau présent de cent sequins à Hindbad, qu'il pria, comme les autres, de revenir le jour suivant, à la même heure, pour dîner chez lui et entendre le détail de son cinquième voyage. Hindbad et les autres conviés prirent congé de lui et se retirèrent. Le lendemain, lorsqu'ils furent tous rassemblés, ils se mirent à table, et, à la fin du repas, qui ne dura pas moins que les autres, Sindbad commença de cette sorte le récit de son cinquième voyage :

---

1. **Cannes d'Inde** : nom d'une fleur appelée aujourd'hui balisier ou canna.
2. **Qui a deux journées d'étendue** : que l'on peut parcourir en deux jours.
3. **Rendre grâces à Dieu** : remercier Dieu.
4. **Me donnai tout entier à mes parents** : me consacrai à mes parents.

Clefs d'analyse
Troisième et quatrième voyages de Sindbad le marin

Action et personnages

1. Quel motif Sindbad donne-t-il à son troisième voyage ?
2. Que découvrent Sindbad et ses compagnons et qui leur fait grand peur ?
3. Quel sorte de géant Sindbad rencontre-t-il ? Décrivez-le.
4. Quelle est l'issue de la terrible aventure du Cyclope ?
5. Vers quel péril les aventures de Sindbad le conduisent-elles ensuite ? Comment s'en sort-il ?
6. Qu'est-ce qui sauve Sindbad de la tempête ?
7. Quels hommes Sindbad rencontre-t-il au début du quatrième voyage et quel piège lui tendent-ils ?
8. Quelle invention permet à Sindbad de se faire encore plus apprécier du roi de la riche île où il a été accueilli ?
9. Une fois marié, Sindbad découvre une terrible coutume. Quelle est-elle ?

Langue

10. Qui raconte toutes les aventures de Sindbad ?
11. Pourquoi unifier la narration en ne proposant qu'un seul narrateur ?
12. Que pensez-vous de la différence entre les récits enchâssés des premiers contes et la linéarité des histoires de Sindbad ?
13. Quelle passion tragique par excellence doit être provoquée chez l'auditeur par l'histoire du Cyclope ?

Genre et thèmes

14. À quel célèbre histoire de la mythologie grecque vous fait penser l'aventure du Cyclope ?
15. Que pensez-vous de la précision de Sindbad qui dit qu'il est « noir » ?
16. Comparez Ulysse et Sindbad : qui est le plus intelligent ?

Clefs d'analyse — Troisième et quatrième voyages de Sindbad le marin

17. Qu'est-ce qui sauve le plus souvent Sindbad et qui devient l'explication des aléas de la destinée ?

Écriture

18. Écrivez une aventure de Sindbad où c'est son esprit et non la force physique ou Dieu qui lui permette de s'en sortir.
19. Proposez une autre issue à l'aventure du tombeau, dans laquelle Sindbad ne décide pas de tuer tout le monde mais de fomenter un régicide et de lutter contre le pouvoir et la loi injuste. Donnez une ampleur politique et critique à votre récit.

Pour aller plus loin

20. Que pensez-vous de la récurrence des personnages noirs anthropophages ? Que savez-vous des conflits historiques ou culturels entre les Noirs et les peuples arabes ?
21. En quoi le conte repose-t-il sur des croyances populaires irréfléchies ?
22. Quel est le but idéologique des histoires de Sindbad ? Montrez que la leçon n'est pas de s'adapter à d'autres coutumes que les siennes, mais d'en constater le vice.

> ### ✱ À retenir
> Ces contes narrent le destin du héros et ses rapports avec la Providence. Il y a reconnaissance d'une volonté divine et affirmation de la suprématie de la culture arabe sur les autres. Du coup, les aventures de Sindbad ne remettent pas en question les présupposés idéologiques sur lesquels elles se fondent. L'étranger a tendance à être considéré comme un barbare, comme les Noirs anthropophages.

CINQUIÈME VOYAGE DE SINDBAD LE MARIN

« LES PLAISIRS, dit-il, eurent encore assez de charmes pour effacer de ma mémoire toutes les peines et les maux que j'avais souffserts, sans pouvoir m'ôter l'envie de faire de nouveaux voyages. C'est pourquoi j'achetai des marchandises, je les fis emballer et charger
5 sur des voitures, et je partis avec elles pour me rendre au premier port de mer. Là, pour ne pas dépendre d'un capitaine et pour avoir un navire à mon commandement, je me donnai le loisir d'en faire construire et équiper un à mes frais. Dès qu'il fut achevé, je le fis charger ; je m'embarquai dessus, et, comme je n'avais pas de quoi
10 faire une charge entière, je reçus plusieurs marchands de différentes nations avec leurs marchandises.

« Nous fîmes voile[1] au premier bon vent, et prîmes le large. Après une longue navigation, le premier endroit où nous abordâmes fut une île déserte, où nous trouvâmes l'œuf d'un roc[2] d'une grosseur
15 pareille à celui dont vous m'avez entendu parler ; il renfermait un petit roc près d'éclore, dont le bec commençait à paraître… »

À ces mots, Schéhérazade se tut, parce que le jour se faisait déjà voir dans l'appartement du sultan des Indes. La nuit suivante, elle reprit son discours.

LXXXIIIe nuit

20 SINDBAD le marin, dit-elle, continua de raconter son cinquième voyage :

---

1. **Nous fîmes voile** : nous hissâmes la voile.
2. **Roc** : oiseau gigantesque déjà décrit dans le deuxième voyage de Sindbad.

Cinquième voyage de Sindbad le marin

« Les marchands, poursuivit-il, qui s'étaient embarqués sur mon navire, et qui avaient pris terre avec moi, cassèrent l'œuf à grands coups de hache, et firent une ouverture par où ils tirèrent le petit roc par morceaux, et le firent rôtir. Je les avais avertis sérieusement de ne pas toucher à l'œuf, mais ils ne voulurent pas m'écouter.

« Ils eurent à peine achevé le régal[1] qu'ils venaient de se donner qu'il parut en l'air, assez loin de nous, deux gros nuages. Le capitaine, que j'avais pris à gages[2] pour conduire mon vaisseau, sachant par expérience ce que cela signifiait, s'écria que c'étaient le père et la mère du petit roc ; et il nous pressa tous de nous rembarquer au plus vite, pour éviter le malheur qu'il prévoyait. Nous suivîmes son conseil avec empressement, et nous remîmes à la voile en diligence[3].

« Cependant les deux rocs approchèrent en poussant des cris effroyables, qu'ils redoublèrent quand ils eurent vu l'état où l'on avait mis l'œuf, et que leur petit n'y était plus. Dans le dessein de se venger, ils reprirent leur vol du côté d'où ils étaient venus, et disparurent quelque temps, pendant que nous fîmes force de voiles[4] pour nous éloigner et prévenir ce qui ne laissa pas de[5] nous arriver.

« Ils revinrent, et nous remarquâmes qu'ils tenaient entre leurs griffes chacun un morceau de rocher d'une grosseur énorme. Lorsqu'ils furent précisément au-dessus de mon vaisseau, ils s'arrêtèrent, et, se soutenant en l'air, l'un lâcha la pièce de rocher qu'il tenait ; mais, par l'adresse du timonier[6] qui détourna le navire d'un coup de timon, elle ne tomba pas dessus ; elle tomba à côté, dans la mer, qui s'entrouvrit d'une manière que nous en vîmes presque le fond. L'autre oiseau, pour notre malheur, laissa tomber sa roche si juste au milieu du vaisseau qu'elle le rompit et le brisa en mille pièces. Les matelots et les passagers furent tous écrasés du coup,

---

1. **Régal** : festin.
2. **Pris à gages** : engagé en échange d'un salaire.
3. **En diligence** : avec précipitation.
4. **Fîmes force de voiles** : hissâmes autant de voiles qu'il était possible afin d'aller au plus vite.
5. **Ne laissa pas de** : ne manqua pas de.
6. **Timonier** : celui qui tient le gouvernail du navire.

LXXXIIIe nuit

ou submergés[1]. Je fus submergé moi-même ; mais, en revenant au-dessus de l'eau, j'eus le bonheur de me prendre à une pièce du débris. Ainsi, en m'aidant tantôt d'une main, tantôt de l'autre, sans me dessaisir de ce que je tenais, avec le vent et le courant qui m'étaient favorables, j'arrivai enfin à une île dont le rivage était fort escarpé. Je surmontai néanmoins cette difficulté, et me sauvai.

« Je m'assis sur l'herbe pour me remettre un peu de ma fatigue, après quoi je me levai et m'avançai dans l'île pour reconnaître le terrain. Il me sembla que j'étais dans un jardin délicieux : je voyais partout des arbres, les uns chargés de fruits verts et les autres de mûrs, et des ruisseaux d'une eau douce et claire qui faisaient d'agréables détours. Je mangeai de ces fruits, que je trouvai excellents, et je bus de cette eau qui m'invitait à boire.

« La nuit venue, je me couchai sur l'herbe, dans un endroit assez commode ; mais je ne dormis pas une heure entière, et mon sommeil fut souvent interrompu par la frayeur de me voir seul dans un lieu si désert. Ainsi j'employai la meilleure partie de la nuit à me chagriner et à me reprocher l'imprudence que j'avais eue de n'être pas demeuré chez moi plutôt que d'avoir entrepris ce dernier voyage. Ces réflexions me menèrent si loin que je commençai à former un dessein[2] contre ma propre vie ; mais le jour, par sa lumière, dissipa[3] mon désespoir. Je me levai, et marchai entre les arbres, non sans quelque appréhension.

« Lorsque je fus un peu avant[4] dans l'île, j'aperçus un vieillard qui me parut fort cassé[5]. Il était assis sur le bord d'un ruisseau ; je m'imaginai d'abord que c'était quelqu'un qui avait fait naufrage comme moi. Je m'approchai de lui, je le saluai, et il me fit seulement une inclination de tête. Je lui demandai ce qu'il faisait là ; mais, au lieu de me répondre, il me fit signe de le charger sur mes épaules et de le passer[6] au-delà du ruisseau, en me faisant comprendre que c'était pour aller cueillir des fruits.

---

1. **Submergés :** plongés au fond de l'eau.
2. **Dessein :** projet.
3. **Dissipa :** fit disparaître.
4. **Lorsque je fus un peu avant :** lorsque je m'avançai.
5. **Cassé :** voûté.
6. **De le passer :** de lui faire traverser, le transporter.

Cinquième voyage de Sindbad le marin

« Je crus qu'il avait besoin que je lui rendisse ce service ; c'est pourquoi, l'ayant chargé sur mon dos, je passai le ruisseau. « Descendez », lui dis-je alors, en me baissant pour faciliter sa descente. Mais, au lieu de se laisser aller à terre (j'en ris encore toutes les fois que j'y pense), ce vieillard qui m'avait paru décrépit[1] passa légèrement autour de mon cou ses deux jambes, dont je vis que la peau ressemblait à celle d'une vache, et se mit à califourchon sur mes épaules, en me serrant si fortement la gorge qu'il semblait vouloir m'étrangler. La frayeur me saisit en ce moment, et je tombai évanoui... »

Schéhérazade fut obligée de s'arrêter à ces paroles, à cause du jour qui paraissait. Elle poursuivit ainsi cette histoire sur la fin de la nuit suivante :

LXXXIVe nuit

« NONOBSTANT[2] mon évanouissement, dit Sindbad, l'incommode[3] vieillard demeura toujours attaché à mon col[4] ; il écarta seulement un peu les jambes pour me donner lieu[5] de revenir à moi. Lorsque j'eus repris mes esprits, il m'appuya fortement contre l'estomac un de ses pieds, et, de l'autre me frappant rudement le côté, il m'obligea de me relever malgré moi. Étant debout, il me fit marcher sous des arbres ; il me forçait de m'arrêter pour cueillir et manger les fruits que nous rencontrions. Il ne quittait point prise[6] pendant le jour ; et, quand je voulais me reposer la nuit, il s'étendait par terre avec moi, toujours attaché à mon cou. Tous les matins, il ne manquait pas de me pousser pour m'éveiller ; ensuite il me faisait lever et marcher en me pressant de ses pieds. Représentez-vous,

---

1. **Décrépit** : usé, vieux.
2. **Nonobstant** : malgré.
3. **Incommode** : encombrant.
4. **Col** : cou.
5. **Me donner lieu** : me permettre.
6. **Il ne quittait point prise** : il ne me lâchait pas.

LXXXIVe nuit

Messeigneurs, la peine que j'avais de me voir chargé de ce fardeau sans pouvoir m'en défaire.

« Un jour que je trouvai en mon chemin plusieurs calebasses[1] sèches qui étaient tombées d'un arbre qui en portait, j'en pris une assez grosse, et, après l'avoir bien nettoyée, j'exprimai[2] dedans le jus de plusieurs grappes de raisin, fruit que l'île produisait en abondance, et que nous rencontrions à chaque pas. Lorsque j'en eus rempli la calebasse, je la posai dans un endroit où j'eus l'adresse[3] de me faire conduire par le vieillard plusieurs jours après. Là, je pris la calebasse, et, la portant à ma bouche, je bus d'un excellent vin qui me fit oublier pour quelque temps le chagrin mortel dont j'étais accablé. Cela me donna de la vigueur. J'en fus même si réjoui que je me mis à chanter et à sauter en marchant.

« Le vieillard, qui s'aperçut de l'effet que cette boisson avait produit en moi et que je le portais plus légèrement que de coutume, me fit signe de lui en donner à boire : je lui présentai la calebasse, il la prit, et, comme la liqueur lui parut agréable, il l'avala jusqu'à la dernière goutte. Il y en avait assez pour l'enivrer : aussi s'enivra-t-il, et bientôt, la fumée du vin[4] lui montant à la tête, il commença de chanter à sa manière et de se trémousser[5] sur mes épaules. Les secousses qu'il se donnait lui firent rendre[6] ce qu'il avait dans l'estomac, et ses jambes se relâchèrent peu à peu ; de sorte que, voyant qu'il ne me serrait plus, je le jetai par terre, où il demeura sans mouvement. Alors je pris une très grosse pierre et lui en écrasai la tête.

Je sentis une grande joie de m'être délivré pour jamais[7] de ce maudit vieillard, et je marchai vers le bord de la mer, où je rencontrai des gens d'un navire qui venait de mouiller là pour faire de l'eau[8] et prendre en passant quelques rafraîchissements. Ils furent

---

1. **Calebasses :** fruits du calebassier qui, vidés et séchés, peuvent faire office de récipient.
2. **J'exprimai :** je pressai.
3. **J'eus l'adresse :** j'eus l'habileté.
4. **La fumée du vin :** les vapeurs d'alcool.
5. **Se trémousser :** s'agiter.
6. **Lui firent rendre :** lui firent vomir.
7. **Pour jamais :** pour toujours.
8. **Faire de l'eau :** s'approvisionner en eau potable.

Cinquième voyage de Sindbad le marin

extrêmement étonnés de me voir et d'entendre le détail de mon aventure. « Vous étiez tombé, me dirent-ils, entre les mains du vieillard de la mer, et vous êtes le premier qu'il n'ait pas étranglé ; il n'a jamais abandonné ceux dont il s'était rendu maître qu'après les avoir étouffés ; et il a rendu cette île fameuse[1] par le nombre de personnes qu'il a tuées : les matelots et les marchands qui y descendaient n'osaient s'y avancer qu'en bonne compagnie. »

« Après m'avoir informé de ces choses, ils m'emmenèrent avec eux dans leur navire, dont le capitaine se fit un plaisir de me recevoir lorsqu'il apprit tout ce qui m'était arrivé. Il remit à la voile[2] ; et, après quelques jours de navigation, nous abordâmes au port d'une grande ville dont les maisons étaient bâties de bonnes pierres.

« Un des marchands du vaisseau, qui m'avait pris en amitié, m'obligea de l'accompagner, et me conduisit dans un logement destiné pour servir de retraite[3] aux marchands étrangers. Il me donna un grand sac ; ensuite, m'ayant recommandé à quelques gens de la ville qui avaient un sac comme moi, et les ayant priés de me mener avec eux amasser du coco : « Allez, me dit-il, suivez-les, faites comme vous les verrez faire, et ne vous écartez pas d'eux, car vous mettriez votre vie en danger. » Il me donna des vivres pour la journée, et je partis avec ces gens.

« Nous arrivâmes à une grande forêt d'arbres extrêmement hauts et fort droits, et dont le tronc était si lisse qu'il n'était pas possible de s'y prendre pour monter jusqu'aux branches où était le fruit. Tous les arbres étaient des arbres de cocos[4], dont nous voulions abattre[5] le fruit et en remplir nos sacs. En entrant dans la forêt, nous vîmes un grand nombre de gros et de petits singes, qui prirent la fuite devant nous dès qu'ils nous aperçurent, et qui montèrent jusqu'au haut des arbres avec une agilité surprenante... »

Schéhérazade voulait poursuivre ; mais le jour qui paraissait l'en empêcha. La nuit suivante, elle reprit son discours de cette sorte :

---

1. **Fameuse** : célèbre.
2. **Il remit à la voile** : il fit repartir le bateau.
3. **Retraite** : logement.
4. **Arbres de cocos** : cocotiers.
5. **Abattre** : faire tomber.

LXXXVe nuit

« LES MARCHANDS avec qui j'étais, continua Sindbad, ramassèrent des pierres et les jetèrent de toute leur force au haut des arbres contre les singes. Je suivis leur exemple, et je vis que les singes, instruits de[1] notre dessein[2], cueillaient les cocos avec ardeur, et nous les jetaient avec des gestes qui marquaient leur colère et leur animosité[3]. Nous ramassions les cocos, et nous jetions de temps en temps des pierres pour irriter les singes. Par cette ruse, nous remplissions nos sacs de ce fruit, qu'il nous eût été impossible d'avoir autrement.

« Lorsque nous en eûmes plein nos sacs, nous nous en retournâmes à la ville, où le marchand qui m'avait envoyé à la forêt me donna la valeur du sac de cocos que j'avais apporté.

« Continuez, me dit-il, et allez tous les jours faire la même chose jusqu'à ce que vous ayez gagné de quoi vous reconduire chez vous. » Je le remerciai du bon conseil qu'il me donnait ; et insensiblement[4] je fis un si grand amas de cocos que j'en avais pour une somme considérable.

Le vaisseau sur lequel j'étais venu avait fait voile avec des marchands qui l'avaient chargé de cocos qu'ils avaient achetés. J'attendis l'arrivée d'un autre qui aborda bientôt au port de la ville pour faire un pareil chargement. Je fis embarquer dessus tout le coco qui m'appartenait ; et, lorsqu'il fut prêt à partir, j'allai prendre congé du marchand à qui j'avais tant d'obligation[5]. Il ne put s'embarquer avec moi parce qu'il n'avait pas encore achevé ses affaires.

« Nous mîmes à la voile, et prîmes la route de l'île où le poivre croît en plus grande abondance. De là nous gagnâmes l'île de Comari[6], qui porte la meilleure espèce de bois d'aloès[7], et dont les

---

1. **Instruits de :** mis au courant de.
2. **Dessein :** entreprise.
3. **Animosité :** haine, antipathie.
4. **Insensiblement :** d'une manière graduelle, petit à petit.
5. **Obligation :** reconnaissance, gratitude.
6. **Île de Comari :** archipel des Comores.
7. **Bois d'aloès :** bois qui fournit une résine amère employée comme purgatif et en teinturerie.

Cinquième voyage de Sindbad le marin

habitants se sont fait une loi inviolable de ne pas boire de vin, ni de souffrir[1] aucun lieu de débauche[2]. J'échangeai mon coco en ces deux îles contre du poivre et du bois d'aloès, et me rendis, avec d'autres marchands, à la pêche des perles, où je pris des plongeurs à gages[3] pour mon compte. Ils m'en pêchèrent un grand nombre de très grosses et de très parfaites. Je me remis en mer avec joie sur un vaisseau qui arriva heureusement[4] à Balsora ; de là, je revins à Bagdad, où je fis de très grosses sommes d'argent du poivre, du bois d'aloès et des perles que j'avais apportés. Je distribuai en aumônes la dixième partie[5] de mon gain, de même qu'au retour de mes autres voyages, et je cherchai à me délasser de mes fatigues dans toutes sortes de divertissements. »

Ayant achevé ces paroles, Sindbad fit donner cent sequins à Hindbad, qui se retira avec tous les autres convives[6]. Le lendemain, la même compagnie se trouva chez le riche Sindbad, qui, après l'avoir régalée[7] comme les jours précédents, demanda audience, et fit le récit de son sixième voyage de la manière que je vais vous le raconter.

---

1. **Ni de souffrir :** ni de tolérer, de supporter.
2. **Lieu de débauche :** lieu de plaisirs fustigés par les discours de la religion.
3. **Plongeurs à gages :** personnes que l'on charge de plonger pour rapporter des perles en échange d'un salaire.
4. **Heureusement :** sans incident.
5. **Dixième partie :** un dixième, un pour cent.
6. **Convives :** invités.
7. **Régalée :** nourrie.

SIXIÈME VOYAGE
DE SINDBAD LE MARIN

« Messeigneurs, leur dit-il, vous êtes sans doute en peine de savoir comment, après avoir fait cinq naufrages et avoir essuyé[1] tant de périls, je pus me résoudre[2] encore à tenter la fortune et à chercher de nouvelles disgrâces[3]. J'en suis étonné moi-même quand j'y fais réflexion[4] ; et il fallait assurément que j'y fusse entraîné par mon étoile[5]. Quoi qu'il en soit, au bout d'une année de repos, je me préparai à faire un sixième voyage, malgré les prières de mes parents et de mes amis, qui firent tout ce qui leur fut possible pour me retenir.

Au lieu de prendre ma route par le golfe Persique, je passai encore une fois par plusieurs provinces de la Perse et des Indes, et j'arrivai à un port de mer où je m'embarquai sur un bon navire dont le capitaine était résolu[6] à faire une longue navigation. Elle fut très longue, à la vérité, mais en même temps si malheureuse que le capitaine et le pilote perdirent leur route, de manière qu'ils[7] ignoraient où nous étions. Ils la reconnurent enfin ; mais nous n'eûmes pas sujet de nous en réjouir, tout ce que nous étions de passagers ; et nous fûmes un jour dans un étonnement extrême de voir le capitaine quitter son poste en poussant des cris. Il jeta son turban par terre, s'arracha la barbe, et se frappa la tête comme un homme à qui le désespoir a troublé l'esprit. Nous lui demandâmes pourquoi il s'affligeait ainsi : "Je vous annonce, nous répondit-il, que nous sommes dans l'endroit de toute la mer le plus dangereux. Un courant très rapide emporte le navire, et nous allons tous périr

---

1. **Essuyé** : enduré.
2. **Me résoudre** : me décider.
3. **Disgrâces** : infortunes, malheurs.
4. **J'y fais réflexion** : j'y réfléchis.
5. **Étoile** : destinée.
6. **Résolu** : décidé.
7. **De manière qu'ils** : de sorte qu'ils.

Sixième voyage de Sindbad le marin

dans moins d'un quart d'heure. Priez Dieu qu'il nous délivre de ce danger. Nous ne saurions en échapper s'il n'a pitié de nous." À ces mots, il ordonna de faire ranger les voiles ; mais les cordages se rompirent dans la manœuvre, et le navire, sans qu'il fût possible d'y remédier, fut emporté par le courant au pied d'une montagne inaccessible, où il échoua et se brisa, de manière pourtant qu'en sauvant nos personnes, nous eûmes encore le temps de débarquer nos vivres et nos plus précieuses marchandises.

« Cela étant fait, le capitaine nous dit : "Dieu vient de faire ce qui lui a plu. Nous pouvons nous creuser ici chacun notre fosse[1], et nous dire le dernier adieu, car nous sommes dans un lieu si funeste[2] que personne de ceux qui y ont été jetés avant nous ne s'en est retourné chez soi." Ce discours nous jeta tous dans une affliction[3] mortelle, et nous nous embrassâmes[4] les uns les autres les larmes aux yeux, en déplorant notre malheureux sort.

« La montagne au pied de laquelle nous étions faisait la côte d'une île fort longue et très vaste. Cette côte était toute couverte de débris de vaisseaux qui y avaient fait naufrage, et par une infinité d'ossements qu'on y rencontrait d'espace en espace[5], et qui nous faisaient horreur, nous jugeâmes qu'il s'y était perdu bien du monde. C'est aussi une chose presque incroyable, que la quantité de marchandises et de richesses qui se présentaient à nos yeux de toutes parts. Tous ces objets ne servirent qu'à augmenter la désolation où nous étions. Au lieu que partout ailleurs les rivières sortent de leur lit pour se jeter dans la mer, tout au contraire une grosse rivière d'eau douce s'éloigne de la mer, et pénètre dans la côte au travers d'une grotte obscure dont l'ouverture est extrêmement haute et large. Ce qu'il y a de plus remarquable dans ce lieu, c'est que les pierres de la montagne sont de cristal, de rubis ou d'autres pierres précieuses. On y voit aussi la source d'une espèce de poix[6]

---

1. **Notre fosse** : notre tombe.
2. **Funeste** : qui provoque la mort.
3. **Affliction** : peine.
4. **Nous nous embrassâmes** : nous nous serrâmes dans nos bras.
5. **D'espace en espace** : çà et là.
6. **Poix** : liquide noir visqueux fait base de résine ou de goudron.

LXXXVIᵉ nuit

ou de bitume[1] qui coule dans la mer, que les poissons avalent, et rendent ensuite changé en ambre gris[2], que les vagues rejettent sur la grève, qui en est couverte. Il y croît aussi des arbres, dont la plupart sont de bois d'aloès, qui ne cèdent point en bonté à[3] ceux de Comari.

« Pour achever la description de cet endroit, qu'on peut appeler un gouffre, puisque jamais rien n'en revient, il n'est pas possible que les navires puissent s'en écarter lorsqu'une fois ils s'en sont approchés à une certaine distance. S'ils y sont poussés par un vent de mer, le vent et le courant les perdent ; et, s'ils s'y trouvent lorsque le vent de terre souffle, ce qui pourrait favoriser leur éloignement, la hauteur de la montagne l'arrête, et cause un calme qui laisse agir le courant qui les emporte contre la côte, où ils se brisent comme le nôtre y fut brisé. Pour surcroît de disgrâce[4], il n'est pas possible de gagner le sommet de la montagne et se sauver par aucun endroit.

« Nous demeurâmes sur le rivage comme des gens qui ont perdu l'esprit, et nous attendions la mort de jour en jour. D'abord nous avions partagé nos vivres également ; ainsi chacun vécut plus ou moins longtemps que les autres, selon son tempérament et suivant l'usage qu'il fit de ses provisions... »

Schéhérazade cessa de parler, voyant que le jour commençait à paraître. Le lendemain elle continua de cette sorte le récit du sixième voyage de Sindbad :

LXXXVIᵉ nuit

« Ceux qui moururent les premiers, poursuivit Sindbad, furent enterrés par les autres ; pour moi, je rendis les derniers devoirs[5]

---

1. **Bitume :** goudron.
2. **Ambre gris :** substance parfumée rejetée des intestins des cachalots et qui flotte à la surface de l'eau.
3. **Qui ne cèdent point en bonté à :** qui n'ont rien à envier à.
4. **Pour surcroît de disgrâce :** pour comble d'infortune.
5. **Les derniers devoirs :** cérémonials que l'on doit aux morts, honneurs funèbres.

Sixième voyage de Sindbad le marin

à tous mes compagnons ; et il ne faut pas s'en étonner : car, outre que j'avais mieux ménagé[1] qu'eux les provisions qui m'étaient tombées en partage[2], j'en avais encore en particulier d'autres dont je m'étais bien gardé de faire part à mes camarades. Néanmoins, lorsque j'enterrai le dernier, il me restait si peu de vivres que je jugeai que je ne pourrais pas aller loin ; de sorte que je creusai moi-même mon tombeau, résolu de me jeter dedans, puisque personne ne vivait pour m'enterrer. Je vous avouerai qu'en m'occupant de ce travail, je ne pus m'empêcher de me représenter que j'étais la cause de ma perte, et de me repentir[3] de m'être engagé dans ce dernier voyage. Je n'en demeurai pas même aux réflexions ; je m'ensanglantai les mains à belles dents, et peu s'en fallut que je ne hâtasse ma mort.

« Mais Dieu eut encore pitié de moi, et m'inspira la pensée d'aller jusqu'à la rivière qui se perdait sous la voûte de la grotte. Là, après avoir examiné la rivière avec beaucoup d'attention, je dis en moi-même : « Cette rivière qui se cache ainsi sous la terre en doit sortir par quelque endroit ; en construisant un radeau et m'abandonnant dessus au courant de l'eau, j'arriverai à une terre habitée, ou je périrai : si je péris, je n'aurai fait que changer de genre de mort ; si je sors au contraire de ce lieu fatal[4], non seulement j'éviterai la triste destinée de mes camarades, je trouverai peut-être une nouvelle occasion de m'enrichir. Que sait-on si la fortune ne m'attend pas au sortir de cet affreux écueil[5] pour me dédommager de mon naufrage avec usure[6] ?

« Je n'hésitai pas de travailler au radeau après ce raisonnement ; je le fis de bonnes pièces de bois et de gros câbles, car j'en avais à choisir[7] ; je les liai ensemble si fortement que j'en fis un petit bâti-

---

1. **Ménagé** : épargné, économisé.
2. **Qui m'étaient tombées en partage** : qu'on m'avait données suite à un partage.
3. **Me repentir** : regretter.
4. **Fatal** : mortel.
5. **Écueil** : obstacle, piège.
6. **Dédommager [...] avec usure** : s'en sortir avec des intérêts sur ce qu'on a investi au départ.
7. **Car j'en avais à choisir** : car entre tous ceux dont je disposais, il fallait faire un choix.

LXXXVIᵉ nuit

ment¹ assez solide. Quand il fut achevé, je le chargeai de quelques
110 ballots de rubis, d'émeraudes, d'ambre gris, de cristal de roche et
d'étoffes précieuses. Ayant mis toutes ces choses en équilibre et les
ayant bien attachées, je m'embarquai sur le radeau avec deux petites
rames que je n'avais pas oublié de faire ; et, me laissant aller au
cours de la rivière, je m'abandonnai à la volonté de Dieu.

115 « Sitôt que je fus sous la voûte, je ne vis plus de lumière, et le fil
de l'eau m'entraîna sans que je pusse remarquer où il m'emportait.
Je voguai quelques jours dans cette obscurité, sans jamais apercevoir le moindre rayon de lumière. Je trouvai une fois la voûte
si basse qu'elle pensa me blesser² à la tête, ce qui me rendit fort
120 attentif à éviter³ un pareil danger. Pendant ce temps-là, je ne mangeais des vivres qui me restaient qu'autant qu'il en fallait naturellement pour soutenir ma vie⁴. Mais, avec quelque frugalité que je
pusse vivre, j'achevai de consumer mes provisions⁵. Alors, sans que
je pusse m'en défendre, un doux sommeil vint saisir mes sens. Je
125 ne puis vous dire si je dormis longtemps ; mais, en me réveillant,
je me vis avec surprise dans une vaste campagne, au bord d'une
rivière où mon radeau était attaché et au milieu d'un grand nombre
de Noirs. Je me levai dès que je les aperçus et je les saluai. Ils me
parlèrent, mais je n'entendais pas⁶ leur langage.

130 « En ce moment⁷, je me sentis si transporté de joie que je ne
savais si je devais me croire éveillé. Étant persuadé que je ne dormais pas, je m'écriai, et récitai ces vers arabes :
*Invoque la Toute-Puissance, elle viendra à ton secours : il n'est pas
besoin que tu t'embarrasses*⁸ *d'autre chose. Ferme l'œil, et, pendant*
135 *que tu dormiras, Dieu changera ta fortune de mal en bien.*

---

1. **Petit bâtiment :** petite construction.
2. **Qu'elle pensa me blesser :** qu'elle faillit me blesser.
3. **Ce qui me rendit fort attentif à éviter :** ce qui me poussa à faire grande attention pour éviter.
4. **Pour soutenir ma vie :** pour me tenir en vie.
5. **Avec quelque frugalité que je pusse vivre, j'achevai de consumer mes provisions :** malgré toute la mesure, la sobriété, avec laquelle je vivais, je finis par épuiser mes provisions.
6. **Je n'entendais pas :** je ne comprenais pas.
7. **En ce moment :** à ce moment, en cet instant.
8. *Tu t'embarrasses :* tu t'encombres, tu te préoccupes.

Sixième voyage de Sindbad le marin

« Un des Noirs, qui entendait l'arabe[1], m'ayant ouï parler ainsi, s'avança et prit la parole : "Mon frère, me dit-il, ne soyez pas surpris de nous voir. Nous habitons la campagne que vous voyez, et nous sommes venus arroser aujourd'hui nos champs de l'eau de ce fleuve qui sort de la montagne voisine, en la détournant par de petits canaux. Nous avons remarqué que l'eau emportait quelque chose ; nous sommes vite accourus pour voir ce que c'était, et nous avons trouvé que c'était ce radeau ; aussitôt l'un de nous s'est jeté à la nage et l'a amené. Nous l'avons arrêté et attaché comme vous le voyez, et nous attendions que vous vous éveillassiez. Nous vous supplions de nous raconter votre histoire, qui doit être fort extraordinaire. Dites-nous comment vous vous êtes hasardé[2] sur cette eau, et d'où vous venez." Je leur répondis qu'ils me donnassent premièrement à manger, et qu'après cela je satisferais leur curiosité.

« Ils me présentèrent plusieurs sortes de mets, et, quand j'eus contenté ma faim, je leur fis un rapport fidèle de tout ce qui m'était arrivé ; ce qu'ils parurent écouter avec admiration[3]. Sitôt que j'eus fini mon discours : "Voilà, me dirent-ils par la bouche de l'interprète[4] qui leur avait expliqué ce que je venais de dire, voilà une histoire des plus surprenantes. Il faut que vous veniez en informer le roi vous-même : la chose est trop extraordinaire pour lui être rapportée par un autre que par celui à qui elle est arrivée." Je leur repartis[5] que j'étais prêt à faire ce qu'ils voudraient.

« Les Noirs envoyèrent aussitôt chercher un cheval que l'on amena peu de temps après. Ils me firent monter dessus ; et, pendant qu'une partie marcha devant moi pour me montrer le chemin, les autres, qui étaient les plus robustes[6], chargèrent sur leurs épaules le radeau tel qu'il était avec les ballots, et commencèrent à me suivre… »

Schéhérazade, à ces paroles, fut obligée d'en demeurer là, parce que le jour parut. Sur la fin de la nuit suivante, elle reprit le fil de sa narration, et parla dans ces termes :

---

1. **Qui entendait l'arabe :** qui comprenait l'arabe.
2. **Vous vous êtes hasardé :** vous vous êtes aventuré.
3. **Admiration :** étonnement.
4. **Interprète :** traducteur.
5. **Repartis :** répondis.
6. **Robustes :** forts, solides.

LXXXVIIe nuit

« Nous marchâmes tous ensemble, poursuivit Sindbad, jusques à la ville de Serendib[1] : car c'était dans cette île que je me trouvais. Les Noirs me présentèrent à leur roi. Je m'approchai de son trône où il était assis, et le saluai comme on a coutume de saluer les rois des Indes, c'est-à-dire que je me prosternai à ses pieds et baisai la terre. Ce prince me fit relever, et, me recevant d'un air très obligeant[2], il me fit avancer et prendre place auprès de lui. Il me demanda premièrement comment je m'appelais : lui ayant répondu que je me nommais Sindbad, surnommé le marin à cause de plusieurs voyages que j'avais faits par mer, j'ajoutai que j'étais citoyen de la ville de Bagdad. « Mais, reprit-il, comment vous trouvez-vous dans mes États, et par où y êtes-vous venu ? »

« Je ne cachai rien au roi, je lui fis le même récit que vous venez d'entendre ; et il en fut si surpris et si charmé qu'il commanda qu'on écrivît mon aventure en lettres d'or pour être conservée dans les archives[3] de son royaume. On apporta ensuite le radeau, et l'on ouvrit les ballots en sa présence. Il admira la quantité de bois d'aloès et d'ambre gris, mais surtout les rubis et les émeraudes, car il n'en avait point dans son trésor qui en approchassent[4].

« Remarquant qu'il considérait mes pierreries avec plaisir, et qu'il en examinait les plus singulières les unes après les autres, je me prosternai et pris la liberté de lui dire : "Sire, ma personne n'est pas seulement au service de Votre Majesté, la charge du radeau est aussi à elle, et je la supplie d'en disposer comme d'un bien qui lui appartient." Il me dit en souriant : "Sindbad, je me garderai bien d'en avoir la moindre envie, ni de vous ôter rien de ce que Dieu vous a donné. Loin de diminuer vos richesses, je prétends les augmenter[5], et je ne veux point que vous sortiez de mes États sans

---

1. **Serendib :** actuel Sri Lanka.
2. **Obligeant :** aimable, affable.
3. **Archives :** écrits, documents que l'on conserve.
4. **Qui en approchassent :** qui puissent rivaliser avec.
5. **Loin de diminuer vos richesses, je prétends les augmenter :** non seulement je ne diminuerai pas vos richesses, mais au contraire je les augmenterai.

Sixième voyage de Sindbad le marin

emporter avec vous des marques de ma libéralité[1]." Je ne répondis à ces paroles qu'en faisant des vœux pour la prospérité[2] du prince et qu'en louant[3] sa bonté et sa générosité. Il chargea un de ses officiers d'avoir soin de moi, et me fit donner des gens pour me servir à ses dépens[4]. Cet officier exécuta fidèlement les ordres de son maître, et fit transporter dans le logement où il me conduisit tous les ballots dont le radeau avait été chargé.

J'allais tous les jours, à certaines heures, faire ma cour au roi, et j'employais le reste du temps à voir la ville et ce qu'il y avait de plus digne de ma curiosité.

« L'île de Serendib est située justement sous la ligne équinoxiale[5] ; ainsi les jours et les nuits y sont toujours de douze heures, et elle a quatre-vingts parasanges[6] de longueur et autant de largeur. La ville capitale est située à l'extrémité d'une belle vallée, formée par une montagne qui est au milieu de l'île, et qui est bien la plus haute qu'il y ait au monde. En effet, on la découvre en mer de trois journées de navigation. On y trouve le rubis, plusieurs sortes de minéraux ; et tous les rochers sont, pour la plupart, d'émeri, qui est une pierre métallique dont on se sert pour tailler les pierreries. On y voit toutes sortes d'arbres et de plantes rares, surtout le cèdre et le coco[7]. On pêche aussi les perles le long de ses rivages et aux embouchures de ses rivières, et quelques-unes de ses vallées fournissent le diamant. Je fis aussi par dévotion[8] un voyage à la montagne, à l'endroit où Adam fut relégué[9] après avoir été banni[10] du paradis terrestre, et j'eus la curiosité de monter jusqu'au sommet.

« Lorsque je fus de retour dans la ville, je suppliai le roi de me permettre de retourner en mon pays ; ce qu'il m'accorda d'une

---

1. **Libéralité** : générosité.
2. **Prospérité** : enrichissement, succès, bonheur.
3. **Louant** : exaltant, vantant, admirant.
4. **À ses dépens** : à ses frais.
5. **Ligne équinoxiale** : équateur.
6. **Parasanges** : ancienne mesure de longueur persane qui équivalait à plus d'une lieue.
7. **Coco** : cocotier.
8. **Dévotion** : fidélité à la religion, ardeur religieuse, foi.
9. **Relégué** : exilé.
10. **Banni** : interdit, chassé.

LXXXVIIe nuit

manière très obligeante[1] et très honorable. Il m'obligea de recevoir un riche présent, qu'il fit tirer de son trésor, et, lorsque j'allai prendre congé de lui, il me chargea d'un autre présent bien plus considérable, et en même temps d'une lettre pour le Commandeur des croyants[2], notre souverain seigneur, en me disant : "Je vous prie de présenter de ma part ce régal[3] et cette lettre au calife Haroun al-Raschid, et de l'assurer de mon amitié." Je pris le présent et la lettre avec respect, en promettant à Sa Majesté d'exécuter ponctuellement[4] les ordres dont elle me faisait l'honneur de me charger. Avant que je m'embarquasse, ce prince envoya quérir[5] le capitaine et les marchands qui devaient s'embarquer avec moi, et leur ordonna d'avoir pour moi tous les égards imaginables[6].

« La lettre du roi de Serendib était écrite sur la peau d'un certain animal fort précieux à cause de sa rareté, et dont la couleur tire sur le jaune. Les caractères de cette lettre étaient d'azur[7], et voici ce qu'elle contenait en langue indienne :

Le roi des Indes, devant qui marchent mille éléphants, qui demeure dans un palais dont le toit brille de l'éclat de cent mille rubis, et qui possède en son trésor vingt mille couronnes enrichies de diamants, au calife Haroun al-Raschid.

Quoique le présent que nous vous envoyons soit peu considérable, ne laissez pas néanmoins de[8] le recevoir en frère et en ami, en considération de l'amitié que nous conservons pour vous dans notre cœur, et dont nous sommes bien aise de[9] vous donner un témoignage. Nous vous demandons la même part dans la vôtre, attendu que[10] nous croyons le mériter, étant d'un rang égal à celui que vous tenez. Nous vous en conjurons en qualité de frère. Adieu.

---

1. **Obligeante** : aimable.
2. **Commandeur des croyants** : il s'agit du calife, appelé aussi « Prince des croyants », mot arabe signifiant « successeur du Prophète », à la tête de la communauté des croyants.
3. **Régal** : cadeau.
4. **Ponctuellement** : méticuleusement.
5. **Quérir** : chercher.
6. **Tous les égards imaginables** : toutes les attentions possibles.
7. **D'azur** : de couleur bleue.
8. *Ne laissez pas néanmoins de :* ne manquez pas néanmoins de.
9. *Nous sommes bien aise de :* nous sommes ravi de.
10. *Attendu que :* étant donné que.

Sixième voyage de Sindbad le marin

« Le présent consistait premièrement en un vase d'un seul rubis, creusé et travaillé en coupe, d'un demi-pied de hauteur et d'un doigt[1] d'épaisseur, rempli de perles très rondes, et toutes du poids d'une demi-drachme[2] ; secondement, en une peau de serpent qui avait des écailles grandes comme une pièce ordinaire de monnaie d'or, et dont la propriété était de préserver de maladie ceux[3] qui couchaient dessus ; troisièmement, en cinquante mille drachmes de bois d'aloès le plus exquis, avec trente grains de camphre de la grosseur d'une pistache ; et, enfin, le tout était accompagné d'une esclave d'une beauté ravissante, et dont les habillements étaient couverts de pierreries.

« Le navire mit à la voile[4] ; et, après une longue et très heureuse navigation, nous abordâmes à Balsora, d'où je me rendis à Bagdad. La première chose que je fis après mon arrivée fut de m'acquitter de la commission[5] dont j'étais chargé… »

Schéhérazade n'en dit pas davantage, à cause du jour qui se faisait voir. Le lendemain, elle reprit ainsi son discours :

LXXXVIIIe nuit

« JE PRIS la lettre du roi de Serendib, continua Sindbad, et j'allai me présenter à la porte du Commandeur des croyants, suivi de la belle esclave et des personnes de ma famille[6] qui portaient les présents dont j'étais chargé. Je dis le sujet qui m'amenait, et aussitôt l'on me conduisit devant le trône du calife. Je lui fis la révérence en

---

1. **Demi-pied […] doigt** : anciennes mesures de longueur.
2. **Demi-drachme** : unité de mesure de l'Antiquité grecque qui équivalait à 3,24 grammes.
3. **Préserver de maladie ceux** : éviter la maladie à ceux.
4. **Mit à la voile** : hissa les voiles.
5. **Commission** : mission.
6. **Personnes de ma famille** : personnes proches du narrateur, qui l'entourent.

LXXXVIIIe nuit

me prosternant, et, après lui avoir fait une harangue[1] très concise[2], je lui présentai la lettre et le présent. Lorsqu'il eut lu ce que lui mandait le roi de Serendib, il me demanda s'il était vrai que ce prince fût aussi puissant et aussi riche qu'il le marquait par sa lettre. Je me prosternai une seconde fois, et, après m'être relevé : « Commandeur des croyants, lui répondis-je, je puis assurer Votre Majesté qu'il n'exagère pas ses richesses et sa grandeur ; j'en suis témoin. Rien n'est plus capable de causer de l'admiration que la magnificence[3] de son palais. Lorsque ce prince veut paraître en public, on lui dresse un trône sur un éléphant où il s'assied, et il marche au milieu de deux files composées de ses ministres, de ses favoris et d'autres gens de sa cour. Devant lui, sur le même éléphant, un officier tient une lance d'or à la main, et derrière le trône un autre est debout, qui porte une colonne d'or au haut de laquelle est une émeraude longue d'environ un demi-pied et grosse d'un pouce. » Il est précédé d'une garde de mille hommes habillés de drap d'or et de soie et montés sur des éléphants richement caparaçonnés[4]. Pendant que le roi est en marche, l'officier qui est devant lui sur le même éléphant crie de temps en temps à haute voix :
Voici le grand monarque, le puissant et redoutable sultan[5] des Indes, dont le palais est couvert de cent mille rubis, et qui possède vingt mille couronnes de diamants ! Voici le monarque couronné, plus grand que ne furent jamais le grand Solima[6] et le grand Mihrage[7] !
« Après qu'il a prononcé ces paroles, l'officier qui est derrière le trône crie à son tour :
Ce monarque si grand et si puissant doit mourir, doit mourir, doit mourir.
« L'officier de devant reprend et crie ensuite :
Louange à celui qui vit et ne meurt pas.

---

1. **Une harangue :** un discours.
2. **Concise :** courte, brève.
3. **La magnificence :** la splendeur, la richesse, le luxe, le faste.
4. **Caparaçonnés :** recouverts de harnais richement ornés.
5. **Sultan :** souverain d'un État musulman.
6. *Solima :* autrement nommé roi Salomon, respecté pour sa grande sagesse.
7. *Mihrage :* roi des Indes, connu pour sa puissance et sa sagesse.

Sixième voyage de Sindbad le marin

« D'ailleurs, le roi de Serendib est si juste qu'il n'y a pas de juges dans sa capitale, non plus que dans le reste de ses États : ses peuples n'en ont pas besoin. Ils savent et ils observent d'eux-mêmes exactement la justice[1], et ne s'écartent jamais de leur devoir[2]. Ainsi les tribunaux et les magistrats[3] sont inutiles chez eux. » Le calife fut fort satisfait de mon discours. « La sagesse de ce roi, dit-il, paraît en sa lettre, et, après ce que vous venez de me dire, il faut avouer que sa sagesse est digne de ses peuples, et ses peuples dignes d'elle. » À ces mots, il me congédia[4] et me renvoya avec un riche présent... »

Sindbad acheva de parler en cet endroit, et ses auditeurs se retirèrent ; mais Hindbad reçut auparavant cent sequins. Ils revinrent encore le jour suivant chez Sindbad, qui leur raconta son septième et dernier voyage dans ces termes :

---

1. **Observent d'eux-mêmes exactement la justice :** respectent scrupuleusement la justice sans contrainte.
2. **Ne s'écartent jamais de leur devoir :** obéissent toujours à leur devoir.
3. **Magistrats :** hommes de loi, juges.
4. **Il me congédia :** il me donna mon congé, me laissa partir.

SEPTIÈME ET DERNIER VOYAGE DE SINDBAD LE MARIN

« Au retour de mon sixième voyage, j'abandonnai absolument la pensée d'en faire jamais d'autres. Outre que j'étais dans un âge qui ne demandait plus que du repos, je m'étais bien promis de ne plus m'exposer aux périls[1] que j'avais tant de fois courus. Ainsi je ne songeais qu'à passer doucement le reste de ma vie. Un jour que je régalais nombre d'amis, un de mes gens me vint avertir qu'un officier du calife me demandait. Je sortis de table et allai au-devant de lui. « Le calife, me dit-il, m'a chargé de venir vous dire qu'il veut vous parler. » Je suivis au palais l'officier, qui me présenta à ce prince, que je saluai en me prosternant à ses pieds. « Sindbad, me dit-il, j'ai besoin de vous : il faut que vous me rendiez un service ; que vous alliez porter ma réponse et mes présents au roi de Serendib ; il est juste que je lui rende la civilité[2] qu'il m'a faite. »

« Le commandement du calife fut un coup de foudre[3] pour moi. « Commandeur des croyants, lui dis-je, je suis prêt à exécuter tout ce que m'ordonnera Votre Majesté ; mais je la supplie très humblement de songer que je suis rebuté[4] des fatigues incroyables que j'ai souffertes. J'ai même fait vœu[5] de ne sortir jamais de Bagdad. » De là je pris occasion[6] de lui faire un long détail de toutes mes aventures, qu'il eut la patience d'écouter jusques à la fin. Dès que j'eus cessé de parler :

« J'avoue, dit-il, que voilà des événements bien extraordinaires ; mais pourtant il ne faut pas qu'ils vous empêchent de faire pour l'amour de moi le voyage que je vous propose. Il ne s'agit que d'aller

---

1. **Périls :** dangers.
2. **Civilité :** courtoisie, politesse.
3. **Fut un coup de foudre :** fut un grand choc, une brutale nouvelle.
4. **Rebuté :** fatigué.
5. **J'ai même fait vœu :** je me suis même promis.
6. **Je pris occasion :** je saisis l'occasion.

Septième et dernier voyage de Sindbad le marin

à l'île de Serendib, vous acquitter de la commission que je vous donne. Après cela, il vous sera libre de vous en revenir. Mais il faut y aller : car vous voyez bien qu'il ne serait pas de la bienséance[1] et de ma dignité[2] d'être redevable[3] au roi de cette île. » Comme je vis que le calife exigeait cela de moi absolument, je lui témoignai que j'étais prêt à lui obéir. Il en eut beaucoup de joie, et me fit donner mille sequins pour les frais de mon voyage.

« Je me préparai en peu de jours à mon départ ; et, sitôt qu'on m'eut livré les présents du calife avec une lettre de sa propre main, je partis et pris la route de Balsora, où je m'embarquai. Ma navigation fut très heureuse ; j'arrivai à l'île de Serendib. Là, j'exposai aux ministres[4] la commission dont j'étais chargé, et les priai de me faire donner audience incessamment[5]. Ils n'y manquèrent pas. On me conduisit au palais avec honneur. J'y saluai le roi en me prosternant selon la coutume.

« Ce prince me reconnut d'abord, et me témoigna une joie toute particulière de me revoir. « Ah ! Sindbad ! me dit-il, soyez le bienvenu ! Je vous jure que j'ai songé à vous très souvent depuis votre départ. Je bénis ce jour, puisque nous nous voyons encore une fois. » Je lui fis mon compliment, et, après l'avoir remercié de la bonté qu'il avait pour moi, je lui présentai la lettre et le présent du calife, qu'il reçut avec toutes les marques d'une grande satisfaction.

« Le calife lui envoyait un lit complet[6] de drap d'or, estimé mille sequins, cinquante robes d'une très riche étoffe, cent autres de toile blanche, la plus fine du Caire, de Suez[7], de Cufa[8] et d'Alexandrie[9] ; un autre lit cramoisi[10], et un autre encore d'une autre façon ; un vase d'agate[11] plus large que profond, épais d'un doigt et ouvert

---

1. **Il ne serait pas de la bienséance** : il ne conviendrait pas, il serait incorrect de.
2. **Il ne serait pas [...] de ma dignité** : il ne serait pas digne de moi.
3. **Être redevable** : être débiteur, devoir des services ou des richesses à quelqu'un.
4. **Ministres** : auxiliaires du roi.
5. **Incessamment** : sur-le-champ.
6. **Lit complet** : tissus parant le siège ou le trône du roi.
7. **Suez** : ville portuaire d'Égypte située sur la mer Rouge.
8. **Cufa** : ville d'Arabie située non loin de Bagdad.
9. **Alexandrie** : ville égyptienne.
10. **Cramoisi** : mot d'origine arabe qui désigne un rouge très foncé.
11. **Agate** : pierre semi-précieuse.

LXXXVIIIe nuit

d'un demi-pied, dont le fond représentait en bas-relief[1] un homme un genou en terre[2] qui tenait un arc avec une flèche, prêt à tirer contre un lion ; il lui envoyait enfin une riche table que l'on croyait, par tradition, venir du grand Salomon[3]. La lettre du calife était conçue en ces termes :

Salut, au nom du souverain guide du droit chemin, au puissant et heureux sultan, de la part d'Abdallah Haroun al-Raschid, que Dieu a placé dans le lieu d'honneur[4] après ses ancêtres d'heureuse mémoire.

Nous avons reçu votre lettre avec joie, et nous vous envoyons celle-ci, émanée du[5] conseil de notre Porte[6], le jardin des esprits supérieurs. Nous espérons qu'en jetant les yeux dessus, vous connaîtrez notre bonne intention, et que vous l'aurez pour agréable[7]. Adieu.

« Le roi de Serendib eut un grand plaisir de voir que le calife répondait à l'amitié qu'il lui avait témoignée. Peu de temps après cette audience, je sollicitai celle de mon congé, que je n'eus pas peu de peine à obtenir. Je l'obtins enfin, et le roi, en me congédiant, me fit un présent très considérable. Je me rembarquai aussitôt, dans le dessein de m'en retourner à Bagdad ; mais je n'eus pas le bonheur d'y arriver comme je l'espérais, et Dieu en disposa autrement.

« Trois ou quatre jours après notre départ, nous fûmes attaqués par des corsaires[8], qui eurent d'autant moins de peine à s'emparer de notre vaisseau qu'on n'y était nullement en état de se défendre. Quelques personnes de l'équipage voulurent faire résistance, mais il leur en coûta la vie ; pour moi et tous ceux qui eurent la prudence[9] de ne pas s'opposer au dessein des corsaires, nous fûmes faits esclaves… »

Le jour qui paraissait imposa silence à Schéhérazade. Le lendemain elle reprit la suite de cette histoire.

---

1. **Bas-relief :** motif sculpté en relief peu profond sur un fond de pierre unie.
2. **Genou en terre :** genou à terre.
3. **Salomon :** roi biblique réputé pour sa très grande sagesse.
4. *Lieu d'honneur :* sorte de paradis, de lieu privilégié destiné aux grands hommes après leur mort.
5. *Émanée du :* provenant du.
6. *Conseil de notre Porte :* conseil de la cour du calife.
7. *Que vous l'aurez pour agréable :* qu'elle vous sera agréable.
8. **Corsaires :** pirates au service d'un roi.
9. **Prudence :** en langue classique, ce mot désigne la sagesse.

Septième et dernier voyage de Sindbad le marin

LXXXIXe nuit

SIRE, dit-elle au Sultan des Indes, Sindbad, continuant de raconter les aventures de son dernier voyage :

« Après que les corsaires, poursuivit-il, nous eurent tous dépouillés[1] et qu'ils nous eurent donné de méchants habits[2] au lieu des nôtres, ils nous emmenèrent dans une grande île fort éloignée, où ils nous vendirent.

« Je tombai entre les mains d'un riche marchand, qui ne m'eut pas plutôt acheté qu'il me mena chez lui, où il me fit bien manger et habiller proprement en esclave. Quelques jours après, comme il ne s'était pas encore bien informé qui j'étais, il me demanda si je ne savais pas quelque métier. Je lui répondis, sans me faire mieux connaître, que je n'étais pas un artisan, mais un marchand de profession, et que les corsaires qui m'avaient vendu m'avaient enlevé[3] tout ce que j'avais. « Mais dites-moi, reprit-il, si vous ne pourriez pas tirer de l'arc[4] ». Je lui repartis[5] que c'était un des exercices de ma jeunesse, et que je ne l'avais pas oublié depuis. Alors il me donna un arc et des flèches ; et, m'ayant fait monter derrière lui sur un éléphant, il me mena dans une forêt éloignée de la ville de quelques heures de chemin, et dont l'étendue était très vaste. Nous y entrâmes fort avant[6], et, lorsqu'il jugea à propos[7] de s'arrêter, il me fit descendre. Ensuite, me montrant un grand arbre : « Montez sur cet arbre, me dit-il, et tirez sur les éléphants que vous verrez passer : car il y en a une quantité prodigieuse dans cette forêt. S'il en tombe quelqu'un[8], venez m'en donner avis[9]. » Après m'avoir

---

1. **Dépouillés** : déshabillés.
2. **Méchants habits** : habits en mauvais état, sans valeur, usés.
3. **Enlevé** : volé.
4. **Tirer de l'arc** : tirer à l'arc.
5. **Repartis** : répondis.
6. **Fort avant** : profondément.
7. **Lorsqu'il jugea à propos** : lorsqu'il jugea opportun, lorsqu'il estima bienvenu de.
8. **Quelqu'un** : un.
9. **Venez m'en donner avis** : venez m'en rendre compte, m'en informer.

LXXXIXe nuit

dit cela, il me laissa des vivres, reprit le chemin de la ville, et je demeurai sur l'arbre à l'affût[1] pendant toute la nuit.

« Je n'en aperçus aucun pendant tout ce temps-là ; mais le lendemain, d'abord que[2] le soleil fut levé, j'en vis paraître un grand nombre. Je tirai dessus plusieurs flèches, et enfin il en tomba un par terre. Les autres se retirèrent aussitôt, et me laissèrent la liberté d'aller avertir mon patron de la chasse que je venais de faire. En faveur de cette nouvelle, il me régala d'un bon repas, loua mon adresse et me caressa[3] fort. Puis nous allâmes ensemble à la forêt où nous creusâmes une fosse dans laquelle nous enterrâmes l'éléphant que j'avais tué. Mon patron se proposait de revenir lorsque l'animal serait pourri et d'enlever les dents pour en faire commerce.

« Je continuai cette chasse pendant deux mois, et il ne se passait pas de jour que je ne tuasse[4] un éléphant. Je ne me mettais pas toujours à l'affût sur un même arbre, je me plaçais tantôt sur l'un et tantôt sur l'autre. Un matin que j'attendais l'arrivée des éléphants, je m'aperçus avec un extrême étonnement qu'au lieu de passer devant moi en traversant la forêt comme à l'ordinaire, ils s'arrêtèrent, et vinrent à moi avec un horrible bruit et en si grand nombre que la terre en était couverte et tremblait sous leurs pas. Ils s'approchèrent de l'arbre où j'étais monté et l'environnèrent tous, la trompe étendue et les yeux attachés sur moi. À ce spectacle étonnant, je restai immobile, et saisi d'une telle frayeur que mon arc et mes flèches me tombèrent des mains.

« Je n'étais pas agité d'une crainte vaine. Après que les éléphants m'eurent regardé quelque temps, un des plus gros embrassa l'arbre[5] par le bas avec sa trompe, et fit un si puissant effort qu'il le déracina et le renversa par terre. Je tombai avec l'arbre ; mais l'animal me prit avec sa trompe, et me chargea sur son dos, où je m'assis

---

1. **À l'affût** : aux aguets, à guetter les éléphants.
2. **D'abord que** : dès que.
3. **Caressa** : félicita.
4. **Que je ne tuasse** : sans que je tuasse.
5. **Embrassa l'arbre** : étreignit l'arbre, fit le tour de l'arbre.

Septième et dernier voyage de Sindbad le marin

plus mort que vif avec le carquois[1] attaché à mes épaules. Il se mit ensuite à la tête de tous les autres qui le suivaient en troupe, et me porta jusqu'à un endroit, où m'ayant posé à terre, il se retira avec tous ceux qui l'accompagnaient. Concevez[2], s'il est possible, l'état où j'étais : je croyais plutôt dormir que veiller. Enfin, après avoir été quelque temps étendu sur la place[3], ne voyant plus d'éléphants, je me levai, et je remarquai que j'étais sur une colline assez longue et assez large, toute couverte d'ossements, et de dents d'éléphants. Je vous avoue que cet objet[4] me fit faire une infinité de réflexions. J'admirai l'instinct de ces animaux. Je ne doutai point que ce ne fût là leur cimetière, et qu'ils ne m'y eussent apporté exprès pour me l'enseigner, afin que je cessasse de les persécuter, puisque je le faisais dans la vue seule[5] d'avoir leurs dents[6]. Je ne m'arrêtai pas sur la colline, je tournai mes pas vers la ville ; et, après avoir marché un jour et une nuit, j'arrivai chez mon patron. Je ne rencontrai aucun éléphant sur ma route ; ce qui me fit connaître qu'ils s'étaient éloignés plus avant dans la forêt, pour laisser la liberté d'aller sans obstacle à la colline.

« Dès que mon patron m'aperçut : « Ah ! pauvre Sindbad ! me dit-il, j'étais dans une grande peine de savoir ce que tu pouvais être devenu. J'ai été à la forêt, j'y ai trouvé un arbre nouvellement[7] déraciné, un arc et des flèches par terre, et, après t'avoir inutilement cherché[8], je désespérais de te revoir jamais[9]. Raconte-moi, je te prie, ce qui t'est arrivé. Par quel bonheur es-tu encore en vie ? » Je satisfis sa curiosité ; et, le lendemain, étant allés tous deux à la colline, il reconnut avec une extrême joie la vérité de ce que je lui avais dit. Nous chargeâmes l'éléphant sur lequel nous étions venus

---

1. **Carquois :** étui où l'on range les flèches.
2. **Concevez :** imaginez.
3. **Étendu sur la place :** étendu à cet endroit.
4. **Cet objet :** ce spectacle.
5. **Dans la vue seule :** dans le seul but.
6. **Dents :** il s'agit des défenses des éléphants, précieuses pour leur ivoire.
7. **Nouvellement :** récemment.
8. **Inutilement cherché :** cherché sans succès, sans résultat.
9. **Je désespérais de te revoir jamais :** je me désespérais de ne plus jamais pouvoir te revoir.

LXXXIXe nuit

de tout ce qu'il pouvait porter de dents, et, lorsque nous fûmes de retour : « Mon frère, me dit-il (car je ne veux plus vous traiter en esclave, après le plaisir que vous venez de me faire par une découverte qui va m'enrichir), Dieu vous comble de toutes sortes de biens et de prospérités[1] ! Je déclare devant lui que je vous donne la liberté. Je vous avais dissimulé ce que vous allez entendre : les éléphants de notre forêt nous font périr chaque année une infinité d'esclaves que nous envoyons chercher de l'ivoire. Quelques conseils que nous leur donnions[2], ils perdent tôt ou tard la vie par les ruses de ces animaux. Dieu vous a délivré de leur furie[3], et n'a fait cette grâce qu'à vous seul. C'est une marque[4] qu'il vous chérit, et qu'il a besoin de vous dans le monde pour le bien que vous y devez faire. Vous me procurez un avantage[5] incroyable : nous n'avons pu avoir d'ivoire jusqu'à présent qu'en exposant[6] la vie de nos esclaves ; et voilà toute notre ville enrichie par votre moyen. Ne croyez pas que je prétende[7] vous avoir assez récompensé par la liberté que vous venez de recevoir ; je veux ajouter à ce don des biens considérables. Je pourrais engager toute la ville à faire votre fortune, mais c'est une gloire que je veux avoir moi seul. »

« À ce discours obligeant[8] je répondis : « Patron, Dieu vous conserve ! La liberté que vous m'accordez suffit pour vous acquitter envers moi[9] ; et, pour toute récompense du service que j'ai eu le bonheur de vous rendre à vous et à votre ville, je ne vous demande que la permission de retourner en mon pays. — Hé bien !

---

1. **Prospérités :** richesses, événements heureux.
2. **Quelques conseils que nous leur donnions :** quels que soient les conseils que nous leur donnons, malgré tous les conseils que nous leur donnons.
3. **Furie :** colère, fureur, vengeance.
4. **Une marque :** une preuve.
5. **Vous me procurez un avantage :** vous me donnez un bien, un atout, un gain.
6. **Exposant :** risquant.
7. **Que je prétende :** que je pense, que j'affirme.
8. **Obligeant :** aimable, bienveillant.
9. **Vous acquitter envers moi :** vous libérer de toute dette, de toute obligation envers moi.

Septième et dernier voyage de Sindbad le marin

répliqua-t-il, le moçon[1] nous amènera bientôt des navires qui viendront charger de l'ivoire. Je vous renverrai alors, et vous donnerai de quoi vous conduire chez vous. » Je le remerciai de nouveau de la liberté qu'il venait de me donner et des bonnes intentions qu'il avait pour moi. Je demeurai chez lui en attendant le moçon ; et, pendant ce temps-là, nous fîmes tant de voyages à la colline que nous remplîmes ses magasins[2] d'ivoire. Tous les marchands de la ville qui en négociaient[3] firent la même chose : car cela ne leur fut pas longtemps caché. »

À ces paroles, Schéhérazade, apercevant la pointe du jour, cessa de poursuivre son discours. Elle le reprit la nuit suivante, et dit au sultan des Indes :

XC^e nuit

SIRE, Sindbad, continuant le récit de son septième voyage :

« Les navires, dit-il, arrivèrent enfin ; et mon patron, ayant choisi lui-même celui sur lequel je devais m'embarquer, le chargea d'ivoire à demi[4] pour mon compte. Il n'oublia pas d'y faire mettre aussi des provisions en abondance pour mon passage[5] ; et, de plus, il m'obligea d'accepter des régals de grand prix, des curiosités du pays. Après que je l'eus remercié autant qu'il me fut possible de tous les bienfaits que j'avais reçus de lui, je m'embarquai. Nous mîmes à la voile ; et, comme l'aventure qui m'avait procuré la liberté était fort extraordinaire, j'en avais toujours l'esprit occupé[6].

---

1. **Le moçon** : mot rare qui désigne la mousson, ce vent de la mer des Indes qui donne lui-même son nom à la saison de la mousson.
2. **Magasins** : bâtiments, réserves.
3. **Négociaient** : faisaient du négoce, du commerce.
4. **Le chargea d'ivoire à demi** : le remplit à moitié d'ivoire.
5. **Pour mon passage** : pour mon retour, ma traversée.
6. **J'en avais toujours l'esprit occupé** : j'y pensais sans cesse.

XCe nuit

« Nous nous arrêtâmes dans quelques îles pour y prendre des rafraîchissements. Notre vaisseau étant parti d'un port de terre ferme des Indes, nous y allâmes aborder ; et là, pour éviter les dangers de la mer jusqu'à Balsora, je fis débarquer l'ivoire qui m'appartenait, résolu de continuer mon voyage par terre. Je tirai de mon ivoire une grosse somme d'argent ; j'en achetai plusieurs choses rares pour en faire des présents, et, quand mon équipage fut prêt, je me joignis à une grosse caravane[1] de marchands. Je demeurai longtemps en chemin, et je souffris beaucoup ; mais je souffrais avec patience, en faisant réflexion[2] que je n'avais plus à craindre ni les tempêtes, ni les corsaires, ni les serpents, ni tous les autres périls que j'avais courus.

« Toutes ces fatigues finirent enfin : j'arrivai heureusement à Bagdad. J'allai d'abord me présenter au calife, et lui rendre compte de mon ambassade[3]. Ce prince me dit que la longueur de mon voyage lui avait causé de l'inquiétude ; mais qu'il avait pourtant toujours espéré que Dieu ne m'abandonnerait point. Quand je lui appris l'aventure des éléphants, il en parut fort surpris ; et il aurait refusé d'y ajouter foi[4] si ma sincérité ne lui eût pas été connue. Il trouva cette histoire et les autres que je lui racontai si curieuses qu'il chargea un de ses secrétaires de les écrire en caractères d'or, pour être conservées dans son trésor. Je me retirai très content de l'honneur et des présents qu'il me fit ; puis je me donnai tout entier à ma famille, à mes parents et à mes amis. »

Ce fut ainsi que Sindbad acheva le récit de son septième et dernier voyage ; et, s'adressant ensuite à Hindbad : « Hé bien ! mon ami, ajouta-t-il, avez-vous jamais ouï dire que quelqu'un ait souffert autant que moi, ou qu'aucun mortel se soit trouvé dans des embarras si pressants[5] ? N'est-il pas juste qu'après tant de travaux je jouisse d'une vie agréable et tranquille ? » Comme il achevait ces

---

1. **Caravane :** équipée de voyageurs réunis pour franchir une contrée désertique ou dangereuse.
2. **En faisant réflexion :** en pensant, en me disant que.
3. **Mon ambassade :** ma mission auprès du roi.
4. **Y ajouter foi :** la croire.
5. **Pressants :** aigus, difficiles.

Septième et dernier voyage de Sindbad le marin

mots, Hindbad s'approcha de lui, et dit en lui baisant la main : « Il faut avouer, Seigneur, que vous avez essuyé d'effroyables périls ; mes peines ne sont pas comparables aux vôtres. Si elles m'affligent dans le temps que je les souffre, je m'en console par le petit profit que j'en tire. Vous méritez non seulement une vie tranquille, vous êtes digne encore de tous les biens que vous possédez, puisque vous en faites un si bon usage et que vous êtes si généreux. Continuez donc de vivre dans la joie jusqu'à l'heure de votre mort. »

Sindbad lui fit donner encore cent sequins, le reçut au nombre de ses amis, lui dit de quitter sa profession de porteur, et de continuer de venir manger chez lui ; qu'il aurait lieu de se souvenir toute sa vie de Sindbad le marin.

Schéhérazade, voyant qu'il n'était pas encore jour, continua de parler, et commença une autre histoire.

Clefs d'analyse
Cinquième, sixième et septième voyages de Sindbad le marin

Action et personnages

1. Quelle passion motive le cinquième voyage ?
2. Qui est le « vieillard de la mer » ? Que fait-il à Sindbad ?
3. Quelle raison profonde Sindbad donne-t-il à son sixième départ ?
4. Pourquoi Sindbad et ses compagnons sont-ils désespérés de voir tant de richesses sur la côte de l'île ?
5. Comment Sindbad échappe-t-il à la mort au cours de son sixième voyage ?
6. Que fait ordonner le roi de l'île de Serendib pour qu'on n'oublie pas les aventures de Sindbad le marin ?
7. De quelle mission le roi indien charge-t-il Sindbad ?
8. Par qui Sindbad est-il attaqué en retournant à Bagdad ?
9. Qu'est-ce que le maître de Sindbad exige de lui ?

Langue

10. Quel effet littéraire visent les descriptions d'endroits merveilleux, comme celle de l'île où Sindbad échoue ?
11. Quel est l'effet recherché sur le lecteur quand Sindbad raconte qu'il croit qu'il va mourir ?
12. Que signifie le verbe « entendre » en français classique ?
13. Quelle morale tirer de la réaction des éléphants ?
14. À quel type de fin de récit avons-nous affaire à chaque voyage ?

Genre et thèmes

15. Que pensez-vous de la représentation du commerce dans les histoires de Sindbad ? Quel genre de commerce entreprend-il ?
16. Quel statut social dégradant métaphorise l'aventure du « vieillard de la mer » ?
17. Pourquoi Sindbad fait-il toujours l'aumône ? À quelle réalité sociale et politique de cette époque cela réfère-t-il ?

Clefs d'analyse — Cinquième, sixième et septième voyages de Sindbad le marin

18. Que pensez-vous de cette conception de l'homme qui le soumet toujours à Dieu et jamais à sa propre volonté ?

Écriture

19. Et, si Dieu n'existait pas, que ferait Sindbad face au danger ? Écrivez sa réaction empreinte de pathétique en montrant un héros volontaire et actif qui ne doit sa survie qu'à lui-même.
20. Rédigez un petit dialogue qui discute des raisons et des torts des finalités commerciales, sans souci d'éthique.

Pour aller plus loin

21. Quelle vision philosophique se fonde sur la fatalité ?
22. Pensez-vous que toutes les histoires montrent le héros ainsi soumis et faible ? Citez des exemples de héros qui font usage de leur esprit pour se sortir des dangers et n'attendent pas qu'on les sauve.
23. Quel est le dernier recours montré comme efficace à chaque fois qu'il semble n'y avoir plus d'espoir ? Prenez un exemple dans les trois derniers voyages.
24. Quelles sont les deux civilisations qui se rencontrent au cours du sixième voyage ?
25. Sindbad est-il un héros révolté ou obéissant ? Laquelle de ces attitudes est privilégiée tant du point de vue religieux que politique ?

✶ À retenir

Les derniers récits de Sindbad illustrent la dimension culturelle et historique du conte en insistant sur l'activité commerciale et le voyage comme conquête des civilisations. Mais, surtout, on y lit une fois encore le fatalisme à l'œuvre dans *Les Mille et Une Nuits* et la conception d'un destin auquel l'homme doit ses chances comme ses échecs.

Le genre

1. À quel genre appartiennent *Les Mille et Une Nuits* ?
- ☐ a. le fabliau
- ☐ b. le roman
- ☐ c. la nouvelle
- ☐ d. le conte

2. Comment sont divisées les histoires racontées dans *Les Mille et Une Nuits* ?
- ☐ a. en chapitres
- ☐ b. en actes
- ☐ c. en nuits
- ☐ d. en poèmes

3. Dans quel type de littérature le conte prend-il sa source ?
- ☐ a. le dialogue philosophique
- ☐ b. le récit fantastique
- ☐ c. la tradition orale
- ☐ d. les récits historiques

4. À quel registre narratif le conte emprunte-t-il son aspect imaginaire ?
- ☐ a. le fantastique
- ☐ b. le merveilleux
- ☐ c. l'érotisme
- ☐ d. l'ironie

5. Reliez l'histoire à son héros :

a. Schéhérazade •   • 1. *L'Énéide*
b. Ulysse •   • 2. *Les Mille et Une Nuits*
c. Énée •   • 3. *L'Odyssée*
d. Achille •   • 4. *L'Iliade*

6. Comblez les manques des affirmations suivantes :

a. Le conte est un genre .... de la littérature.

Avez-vous bien lu ?

b. Le conte se termine toujours par une fin .... Ce procédé permet au lecteur de rester sur une impression ....

c. Dans les contes, il y a souvent des récits de .... qui permettent aux auditeurs de découvrir des pays lointains.

d. Un célèbre psychanalyste, ... a écrit une *Psychanalyse des contes de fées*, pour montrer qu'il y avait beaucoup à comprendre dans ces histoires.

L'histoire

1. Qui raconte *Les Mille et Une Nuits* ?
- ☐ a. le sultan Schahriar
- ☐ b. Sindbad le marin
- ☐ c. le calife Haroun al-Rachid
- ☐ d. Schéhérazade

2. Quelle est la ville natale de Sindbad le marin ?
- ☐ a. Bagdad
- ☐ b. Bassora
- ☐ c. Le Caire
- ☐ d. Pékin

3. Reliez un personnage et son histoire :

a. le perroquet • • 1. « L'histoire du pêcheur »

b. le roi de Serendib • • 2. « Le septième voyage de Sindbad »

c. le vieillard de la mer • • 3. « L'histoire du mari et du perroquet »

d. le génie • • 4. « Le cinquième voyage de Sindbad »

4. Comblez les manques des affirmations suivantes :

a. Sindbad est un jeune homme natif de .... qui a effectué une mission pour son souverain le ....

b. Schéhérazade veut échapper à une condamnation à .... en racontant des histoires à son mari le roi .... et à sa sœur ....

c. Le plus souvent, Sindbad échoue sur des ....

d. Sindbad décrit des richesses comme les .... , les .... ou les ....

5. À quelle affirmation pouvez-vous répondre positivement ?
- ☐ a. Schéhérazade fait raconter des histoires aux personnages du pêcheur, du génie, du roi grec, de la petite fille malade, du paysan pauvre.
- ☐ b. Schéhérazade fait raconter des histoires au pêcheur, à Sindbad, au médecin Douban, au calife Haroun al-Rachid.
- ☐ c. Schéhérazade fait raconter des histoires au perroquet, à la femme adultère, à Sindbad et au roi de Serendib.
- ☐ d. Schéhérazade fait raconter des histoires au pêcheur, au génie, au vizir du roi grec, à Sindbad.

6. Quel vent attend Sindbad pour rentrer chez lui à l'issue de son dernier voyage ?
- ☐ a. le zéphyr
- ☐ b. le mistral
- ☐ c. la tempête des mers du Sud
- ☐ d. la mousson

7. Qui le vizir puni doit-il surveiller ?
- ☐ a. la jeune princesse du royaume
- ☐ b. l'animal favori du roi
- ☐ c. le traître qui fomente un complot contre le roi
- ☐ d. le jeune prince

8. Dans quel type de récipient le pêcheur découvre-t-il le génie ?
- ☐ a. une coupe en or
- ☐ b. un vase précieux
- ☐ c. une lampe magique
- ☐ d. un bocal alimentaire

Avez-vous bien lu ?

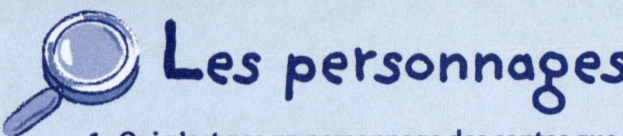

Les personnages

Avez-vous bien lu ?

1. Qui n'est pas un personnage des contes que vous avez lus ?
- ☐ a. Schéhérazade
- ☐ b. Sindbad
- ☐ c. Ali Baba
- ☐ d. Hindbad

2. Citez les personnages masculins et les personnages féminins rencontrés dans ces histoires. Faites un tableau et concluez. Trouve-t-on plus d'hommes ou de femmes ?

3. Reliez les personnages et leurs attributs moraux :

a. Schéhérazade •   • 1. La curiosité et la passion du voyage

b. Sindbad •   • 2. L'intelligence

c. Hindbad •   • 3. La bêtise influençable

d. Le roi grec •   • 4. La paresse et le désespoir

4. Qui est le véritable héros des *Mille et Une Nuits* ?
- ☐ a. Schahriar
- ☐ b. Sindbad
- ☐ c. le calife Haroun al-Rachid
- ☐ d. Schéhérazade

5. Complétez les phrases suivantes :

a. Si elle ne parvient pas à le distraire et à lui plaire, Schéhérazade sera exécutée par le monarque tyrannique ....

b. Celle qui relance l'intérêt du sultan pour les contes de Schéhérazade est ....

c. Celui qui entraîne Sindbad à raconter ses .... est ....

d. Pour le convaincre, le vizir raconte au .... l'histoire du ....

152

6. **Quels animaux sont élevés au rang de personnages dans *Les Mille et Une Nuits* ?**
   - ☐ a. les tigres
   - ☐ b. les serpents
   - ☐ c. les lions
   - ☐ d. les éléphants

Les grands thèmes

1. **Quel grand thème parmi les suivants est abordé dans *Les Mille et Une Nuits* ?**
   - ☐ a. la liberté
   - ☐ b. l'amour
   - ☐ c. la religion
   - ☐ d. l'émancipation des esclaves

2. **Quelles passions sont suscitées le plus souvent chez le lecteur ?**
   - ☐ a. le plaisir et la joie
   - ☐ b. l'ennui et l'agacement
   - ☐ c. l'indifférence et l'animosité
   - ☐ d. la crainte et la pitié

3. **Classez les thèmes suivants par ordre d'importance eu égard à leur traitement dans *Les Mille et Une Nuits* :**
   L'inventivité de l'individu, la Providence, l'obéissance au pouvoir politique, l'obéissance aux règles de la religion, le courage d'entreprendre, la révolte face à l'injustice, la vengeance et ses méfaits, le respect des anciens, le rejet de l'étranger, la générosité.

4. **Quels thèmes sont propres à l'univers du conte parmi les suivants ?**
   - ☐ a. le respect des traditions
   - ☐ b. la révolte contre les institutions

Avez-vous bien lu ?

☐ c. le courage
☐ d. l'aventure

5. Comblez les manques dans les affirmations suivantes :

a. Un conte utilise des situations typiques et universelles comme le .... qui permet de partir à la découverte de différentes ....

b. Le conte est un genre qui ne cherche pas à montrer la .... de l'individu, mais à montrer qu'il prend place dans une .... qu'il doit respecter pour continuer à transmettre des ....

c. Le héros du conte est .... mais aussi ....

d. On oppose la structure .... du conte et la structure .... de la nouvelle.

6. Quels sont les thèmes à relier au voyage ?
☐ a. autrui
☐ b. le courage
☐ c. la retraite
☐ d. la pauvreté

L'écriture

1. À quelle époque *Les Mille et Une Nuits* sont-elles traduites en français ?
☐ a. au Moyen Âge
☐ b. au siècle des Lumières
☐ c. à la Renaissance
☐ d. aux temps modernes

2. **À quel type de français avons-nous affaire dans la traduction d'Antoine Galland ?**
   - ☐ a. du moyen français
   - ☐ b. du français moderne
   - ☐ c. du français classique
   - ☐ d. de l'ancien français

3. **Sur quels effets poétiques ou littéraires s'appuie la narration des *Mille et Une Nuits* ?**
   - ☐ a. l'ironie et la démonstration philosophique
   - ☐ b. la morale et l'édification
   - ☐ c. le plaire et l'instruire
   - ☐ d. la rhétorique et la persuasion

4. **Quel sentiment fait poursuivre la lecture ?**
   - ☐ a. le dégoût
   - ☐ b. la peur
   - ☐ c. la curiosité
   - ☐ d. l'indifférence

5. **Reliez les personnages et la fonction que l'écriture du conte leur attribue :**

   a. Dinarzade • • 1. la réception
   b. Schéhérazade • • 2. la relance du récit
   c. Sindbad • • 3. la narration
   d. Schahriar • • 4. le sujet du récit

6. **Complétez les phrases suivantes :**

a. L'écriture du conte repose sur un effet de .... qui attise .... du lecteur.

b. Le narrateur, ..., met en scène l'efficacité .... du conte en faisant de .... le ....

Avez-vous bien lu ?

c. Du coup, Schahriar devient une figure du .... et doit apprendre une .... du conte.

d. La poétique du conte est une poétique .... , fondée sur l'exigence du .... et de ....

7. Les histoires racontées dans *Les Mille et Une Nuits* sont-elles indépendantes les unes des autres ? Si ce n'était pas le cas, quel procédé permet de les relier ?
- ☐ a. l'enchâssement des récits
- ☐ b. le symbolisme
- ☐ c. les analogies de personnages
- ☐ d. le narrateur Sindbad

8. Reliez ensemble les personnages et leur nature par rapport à l'ordre du récit :

a. Sindbad • • 1. narrateur premier
b. Le roi grec • • 2. narrateur second
c. Schéhérazade • • 3. narrataire second
d. Hindbad • • 4. narrataire second et narrateur second

9. Quels personnages forment réellement des couples signifiants à l'intérieur de la narration ? Plusieurs réponses sont possibles.
- ☐ a. Dinarzade et Schahriar
- ☐ b. Sindbad et Schéhérazade
- ☐ c. Schéhérazade et Schahriar
- ☐ d. Schéhérazade et Dinarzade

 En savoir plus sur : **www.petitsclassiqueslarousse.com**

POUR APPROFONDIR

Thèmes et prolongements

❖ La structure : mise en abyme et enchâssements

> La structure des *Mille et Une Nuits* a fasciné nombre d'auteurs par son originalité. Le récit premier de Schéhérazade fonctionne en déléguant le plus souvent la parole à un autre conteur, ce qui provoque une mise en abyme, c'est-à-dire un enchâssement de récits. Ainsi, la structure multiplie les niveaux de narration comme les niveaux de lecture et fait signe vers une interprétation morale du conte qui doit prendre en compte la structure à multiples niveaux de la fiction. On devra toujours se demander qui est le narrateur et ce que cela implique pour la signification de l'histoire.

Les procédés de la mise en abyme

Les contes des *Mille et Une Nuits* reposent sur une narration première, celle de Schéhérazade à Schahriar, qui constitue le récit-cadre. Grâce à son intelligence et ses talents de conteuse, l'héroïne parvient à sauver sa vie en échappant à la condamnation du sultan, qui a décidé de se venger de sa première épouse infidèle en tuant chacune de ses nouvelles épouses. Mais l'ingéniosité de Schéhérazade lui permettra de sortir de cette fatalité cyclique. Son savoir-faire en matière artistique, sa finesse de jugement, sa compréhension du roi Schahriar, viennent à bout de l'obscurantisme du tyran. Ainsi, d'entrée de jeu, le lecteur est amené à réfléchir à l'utilité du conte et aux critères de son efficacité. Voilà donc la première mise en abyme : le lecteur lisant le conte se voit lui-même dans les narrataires, ceux à qui l'on raconte les récits, à commencer par le roi Schahriar. Le conte doit être utile et agréable, c'est une question de vie ou de mort au sens propre.

Outre cette première mise en abyme, on a de multiples enchâssements de récits secondaires à l'intérieur du récit-cadre. Au lieu de se contenter de raconter des histoires, Schéhérazade délègue la parole aux personnages pour qu'ils deviennent à leur tour conteurs. Elle n'est alors plus la seule à peser face au pouvoir inique, mais c'est

Thèmes et prolongements

tout un personnel imaginaire qui s'adjoint à elle pour soumettre le despote qui abuse de son pouvoir de vie et de mort sur ses sujets. Le procédé de mise en abyme se démultiplie autant qu'il y a d'enchâssements. Ainsi, Sindbad, le pêcheur, le génie, le roi grec ou le vizir envieux deviennent à leur tour des narrateurs, ils deviennent des images de la narratrice elle-même, puisqu'il s'agit très souvent pour eux de raconter leurs histoires pour sauver leur propre vie.

La signification morale de la mise en abyme

La mise en abyme du conte premier permet à Schéhérazade de donner des leçons à Schahriar sans en avoir l'air. Elle l'éduque par l'art du récit, en l'engageant à réfléchir sur ce que sont l'homme et la morale. Peu à peu, le sultan apprend la pitié et le pardon à travers les aventures des personnages des histoires narrées. Le fait qu'une histoire soit insérée dans une autre histoire implique qu'on peut tirer parti des expériences d'autrui. Le conte permet, par ce procédé de miroir, de mise en abyme, de réflexivité, d'inviter le lecteur à réfléchir au bien et au mal, à la moralité des actes et des sentiments. Le conte se pense et s'affiche comme un genre moral, en tant qu'il fait réfléchir à la morale, qu'il propose une histoire et son dénouement à l'imagination du lecteur. Si la situation initiale du récit-cadre, qui condamne Schéhérazade à mort, se retourne en situation finale heureuse, puisque la jeune sultane fait comprendre à son mari qu'il faut pardonner, c'est que le conte a un pouvoir moral. Ce pouvoir moral sur le lecteur est mis en scène : il a une place dans la résolution du récit.

Les enchâssements de récits et les différentes mises en abyme ne sont donc pas que des moyens divertissants d'agrémenter le conte, mais des éléments fondamentaux de la structure des *Mille et Une Nuits*. La forme du récit implique son essence morale et son pouvoir de persuasion sur le lecteur. La structure du récit est un de ses moyens de signifier ; elle participe de la morale du conte.

Thèmes et prolongements

❖ Les personnages : symbolisme et parallélismes

> Les personnages des *Mille et Une Nuits*, comme tous les personnages de conte, possèdent des attributs qui les renvoient à un symbolisme. Schéhérazade symbolise l'intelligence, Schahriar l'injustice, Sindbad l'esprit d'aventure, le vizir du roi grec l'envie. Les personnages allégorisent des vertus ou des vices. Il faudra donc interpréter les symboles qu'ils représentent pour comprendre la morale du conte. Mais ce qui est plus spécifique aux *Mille et Une Nuits* provient des effets d'écho, de parallélisme que l'on trouve entre les personnages. Ces parallélismes auront aussi leur signification morale.

Le symbolisme du personnage de conte

Le personnage de conte n'est pas un individu mais un type, c'est-à-dire qu'il est présent comme un symbole, pour faire réfléchir à des idées que l'on incarne. C'est un des pouvoirs de l'art que de dialectiser, croiser le particulier et le général. Cela rend l'art tout à la fois universel et singulier. Par exemple, la lutte entre Schéhérazade et Schahriar symbolise le combat ancestral entre l'injustice et l'innocence, la vengeance colérique et l'intelligence pacifique. Le lecteur doit comprendre ce qui se joue d'un point de vue symbolique, conceptuel, entre les personnages. Le couple que forment Sindbad et Hindbad est lui aussi symbolique : l'un est le chanceux courageux et curieux, l'autre l'infortuné plaintif et paresseux. L'opposition du génie et du pêcheur est elle aussi de portée symbolique, puisque, tout surnaturel et puissant qu'il est, le génie perd face au bon pêcheur qui fait preuve de malice et de clémence.

Les personnages renvoient à des vices et des vertus, ils les incarnent pour montrer ce qui est bien ou mal. Le personnage est donc une des structures de la signification du conte. Il faut le décrypter, comprendre ce qu'il symbolise, pour venir à bout de l'équation morale du récit. Le conte repose sur cette équivalence entre un personnage et des attributs moraux comme la gentillesse, la générosité, l'envie,

Thèmes et prolongements

le désir de vengeance ou la curiosité. Si les histoires racontées ont un sens moral, si les dénouements prodiguent une morale, c'est parce que les personnages de conte renvoient à un symbolisme clair et efficace. Si bien qu'on peut reprocher aux mauvais contes leur schématisme et montrer qu'ils reposent sur des clichés ou des préjugés qui n'ont pas été remis en cause.

Les parallélismes entre les personnages : une signification en miroir

Non contents de renvoyer à un symbolisme moral, les personnages réfèrent les uns aux autres par des effets d'écho et de parallélisme. Ces effets complexifient la structure et la signification des *Mille et Une Nuits*. Schéhérazade renvoie au pêcheur tombé sous le coup de la condamnation injuste et ingrate du génie. La femme adultère fait signe vers la première épouse infidèle de Schahriar, le roi grec fait penser à Schahriar exécutant toutes ses jeunes épouses après la première nuit de noces. Ainsi, le sort des personnages des histoires racontées doit nous renvoyer au sort d'autres personnages. L'issue du conte du « Vizir puni » montre que celui qui ne sait pas faire confiance et pardonner peut lui-même être tué et puni : Schahriar est censé méditer profondément cette leçon. Le conte multiplie les parallélismes et les effets d'écho pour que le lecteur, parallèle lui-même du sultan Schahriar, décrypte la morale des histoires racontées.

Le symbolisme et les parallélismes qui construisent un réseau de personnages impliquent un déchiffrage moral de la fiction. Ils permettent aux contes des *Mille et Une Nuits* d'être lus et relus, sans qu'on puisse en épuiser toute la signification. La morale n'est pas donnée d'emblée, mais elle est le fruit d'une lecture, d'un déchiffrage des symboles, d'un exercice critique de l'intelligence. Les personnages comme la structure invitent le lecteur à utiliser son intelligence pour triompher de la complexité du monde, comme Schéhérazade le fait pour se sortir du ressentiment de Schahriar.

Thèmes et prolongements

❖ La multiplicité des genres et des registres, ou comment le conte parle à l'homme

> Les contes des *Mille et Une Nuits*, non contents de proposer une structure en enchâssements, de multiplier les parallélismes entre personnages symboliques, puisent dans des registres divers pour complexifier forme et signification. Le genre du conte emprunte à des registres comme le merveilleux, mais surtout, plus structurellement, fait appel à d'autres genres comme la fable ou l'allégorie, ou encore le récit de voyage.

Les registres et l'exploration de l'imaginaire

Les divers registres utilisés, comme le merveilleux, le surnaturel, permettent au genre du conte d'explorer les frontières de l'imaginaire humain. Le perroquet parle, les éléphants sont doués de conscience, le génie sort d'un vase, emprisonné qu'il était depuis quelques milliers d'années, la tête du médecin Douban parle alors même qu'il vient d'être exécuté. Ces registres merveilleux et surnaturel, qui font appel à un au-delà de la vraisemblance habituelle, qui poussent les limites de l'imagination jusqu'au domaine de l'imaginaire, envahissent *Les Mille et Une Nuits*. Ces détails et ces récits incroyables vont dans le sens du symbolisme du conte, dans la mesure où tout ne doit pas être pris littéralement. On laisse une place à l'imaginaire comme à l'interprétation, ce qui n'est pas toujours le cas d'autres genres littéraires (roman ou théâtre) qui jouent avec d'autres codes. Le but n'est pas de strictement croire à ces miracles et ces événements surnaturels, mais de les interpréter à l'aune d'un regard plus riche et complexe sur le réel. Un animal peut devenir un personnage et démontrer aux hommes que leurs actes peuvent être mauvais, répréhensibles, sous un autre point de vue. C'est la leçon que les éléphants donnent à Sindbad qui les tue sans scrupules. Car, à penser sans distance, uniquement dans l'humain, ou plutôt dans ce que l'on croit être l'humain, on devient peut-être inhumain.

Thèmes et prolongements

L'exploration de l'imaginaire permet au conte de proposer ses leçons moins brutalement qu'un autre genre, puisque la plupart des histoires ne prêtent pas réellement à conséquence. Schahriar, l'auditeur premier des contes, peut ainsi réfléchir à ses actions par l'entremise d'une apparente déréalisation, mais, en fait, le conte opère allégoriquement, comme un symbole de ce qu'il tend à démontrer dans le réel. Si le conte ne parle pas directement du réel, il est censé, pour signifier vraiment, y renvoyer. D'autant plus qu'on sait bien que la fin heureuse n'est qu'une convention de plus et qu'il s'en est fallu de peu que tout ne s'achève dans le malheur, voire la mort.

Les genres croisés : le texte comme enseignement

Les registres imaginaires dans lesquels le conte puise pour narrer ses histoires sont surtout relayés par des genres moraux qui servent d'appui aux *Mille et Une Nuits*. Il faut considérer ce tissu narratif comme signifiant, cherchant à délivrer un message sur l'existence et ses difficultés. La fable comme l'allégorie sont des genres qui proposent de réfléchir à la morale par une mise en scène, un détour, en utilisant par exemple des personnages de la mythologie, des animaux, ou encore des figures du merveilleux. Le but n'est pas d'être réaliste, mais de signifier quelque chose. Le but n'est pas que les voyages de Sindbad soient réels, mais qu'ils expriment son esprit d'aventure, qu'ils mettent en scène le bon croyant et son rapport d'obéissance avec Dieu et ses chefs, comme les capitaines successifs que Sindbad connaît. Les contes sont allégoriques, ils fonctionnent comme des fables, parce qu'ils doivent servir d'enseignement moral pour Schahriar. Schéhérazade ne peut être sauvée que si Schahriar interprète ces contes comme des métaphores de l'humanité réelle, comme une leçon sur la clémence, la justice, le Bien. Les différents registres et genres sont donc disposés pour que le conte formule une morale à réfléchir, sans brutalité. Le conte est un texte allégorique, à méditer.

Thèmes et prolongements

❖ La naissance d'un mythe

> *Les Mille et Une Nuits*, constituées et traduites par Galland au début du siècle des Lumières, en portent la marque. On y insiste sur la politique, l'injustice, les abus du pouvoir de Schahriar, la relativité des cultures à travers les voyages de Sindbad. Ce sont ces mêmes thèmes fondateurs de notre culture qui ont passionné la postérité.

Un mythe porté aux nues par les Lumières

Les Mille et Une Nuits ne parlent que d'Orient en apparence, mais elles furent traduites et en fait complètement restructurées et inventées telles que nous les lisons par un homme du XVIIIe siècle. La langue et la culture de cette époque sont pour beaucoup dans le résultat de cette entreprise de traduction et de transposition des cultures. Nulle incongruité dès lors à ce que leurs thèmes insistent sur des sujets chers aux Lumières. Il y a d'abord la portée politique de ce mythe : Schéhérazade raconte des histoires sur l'injustice à un roi injuste pour le faire devenir juste. Le conte croit à la *catharsis*, à la purgation des passions telle que la définissent les Classiques, c'est-à-dire au fait qu'en lisant le conte on peut être guéri de ses mauvaises passions. Beaucoup de contes mettent en scène des rois exerçant un pouvoir juste ou injuste, légitime et bon ou tyrannique. On trouve également des figures de vizirs répondant à l'archétype du mauvais conseiller. La question du pouvoir éclairé, qui refuse tout abus, est un des grands sujets des Lumières, qui n'a pu laisser le traducteur Galland indifférent. C'est sans doute à Antoine Galland que l'on doit l'imbrication profonde du moral et du politique à l'intérieur de cette fiction.

D'autre part, tout ce qui relève du voyage et de la diversité des cultures compose également le mythe des *Mille et Une Nuits*. Au XVIIIe siècle se multiplièrent récits de voyage (Bougainville, La Pérouse) et utopies morales (Diderot dans le *Supplément au voyage de Bougainville*, Voltaire avec *Candide*). La réécriture et l'insertion des récits de

Thèmes et prolongements

Sindbad à l'intérieur de la trame de Schéhérazade répondent sûrement à ce goût d'époque et ont permis l'enrichissement du thème de la diversité des cultures et de la réflexion sur le politique. En effet, les voyages de Sindbad permettent la comparaison de différents régimes politiques, rois ou coutumes. Le mythe des *Mille et Une Nuits* porte l'empreinte de leur créateur, un homme du siècle des Lumières.

Les reprises de la postérité

Les Mille et Une Nuits furent dès lors un réservoir mythologique pour une postérité avide d'orientalisme et de féerie. Quitte, parfois, à affadir la dimension politique et morale du récit pour ne garder que quelques paillettes du mythe fondateur. La figure de Schéhérazade inspira les musiciens Rimski-Korsakov, Schumann et Ravel comme le poète Supervielle, elle inspire encore des interprètes comme Marie-France aujourd'hui qui utilise la belle conteuse dans une chanson de son album *Raretés*, intitulée « Schéhérazade ». C'est, pour la chanteuse, une manière de réfléchir à la séduction et à la féminité. Mais pensons aussi aux réinventeurs des *Nuits* comme Rameau dans ses *Indes galantes* qui utilisa le mythe oriental pour penser la différence des cultures. Rameau comme Montesquieu dans ses *Lettres persanes* s'intéressèrent à la façon d'aimer des Orientaux, différente de l'amour à la française. Dans *Les Orientales*, Hugo dénonça le sort injuste des femmes déclarées adultères : c'est dans le mythe des *Nuits*, bien que le poète n'a jamais voyagé en Orient. Ce qui impressionna la postérité de Galland fut la brutalité avec laquelle on pouvait traiter les femmes, qui n'avaient aucune défense possible. Aujourd'hui encore, le Pakistan condamne les femmes violées comme adultères et les fait lapider. Schéhérazade est en cela une figure emblématique de la place précaire que la culture orientale confère à la féminité. Belle et intelligente, elle est la seule et unique à gagner la confiance du sultan. Au prix de combien d'efforts et de malice !

Textes et images

❖ L'orientalisme

Au XIXe siècle, un courant artistique dénommé « orientalisme » se forma. Certains s'en sont réclamés, d'autres ont implicitement emprunté au thème oriental, à l'imaginaire de « l'ailleurs » et de l'exotisme, la matière de leurs créations. Pourquoi un tel engouement ? En fait, il s'agissait pour eux de bouleverser les représentations des lecteurs ou des spectateurs.

Documents :

❶ « Parfum exotique », poème des *Fleurs du mal* de Charles Baudelaire.

❷ *Salammbô*, de Gustave Flaubert.

❸ *Une femme d'Alger*, tableau d'Auguste Renoir, 1870.

❹ *La Mort de Sardanapale*, d'Eugène Delacroix, 1827.

❺ *Le Bain turc*, de Jean Auguste Dominique Ingres, 1862.

❻ *Scène de Harem*, de Giovanni Antonio Guardi, 1743.

❶ Parfum exotique

Quand les deux yeux fermés, en un soir chaud d'automne,
Je respire l'odeur de ton sein chaleureux,
Je vois se dérouler des rivages heureux
Qu'éblouissent les feux d'un soleil monotone ;

Une île paresseuse où la nature donne
Des arbres singuliers et des fruits savoureux ;
Des hommes dont le corps est mince et vigoureux,
Et des femmes dont l'œil par sa franchise étonne.

Guidé par ton odeur vers de charmants climats,
Je vois un port rempli de voiles et de mâts
Encor tout fatigués par la vague marine,

Pendant que le parfum des verts tamariniers,
Qui circule dans l'air et m'enfle la narine,
Se mêle dans mon âme au chant des mariniers.

Charles Baudelaire, *Les Fleurs du mal*, XXII, 1857.

❷ *Le narrateur décrit ici le décor des jardins d'Hamilcar, à Carthage, dans l'actuelle Tunisie.*

Des figuiers entouraient les cuisines ; un bois de sycomores se prolongeait jusqu'à des masses de verdure, où des grenades resplendissaient parmi les touffes blanches des cotonniers ; des vignes, chargées de grappes, montaient dans le branchage des pins ; un champ de roses s'épanouissait sous des platanes ; de place en place sur des gazons, se balançaient des lis ; un sable noir, mêlé à de la poudre de corail, parsemait les sentiers, et, au milieu, l'avenue des cyprès faisait d'un bout à l'autre comme une double colonnade d'obélisques verts. Le palais, bâti en marbre numidique tacheté de jaune, superposait tout au fond, sur de larges assises, ses quatre étages en terrasses. Avec son grand escalier droit en bois d'ébène, portant aux angles de chaque marche la proue d'une galère vaincue, avec ses portes rouges écartelées d'une croix noire, ses grillages d'airain qui le défendaient en bas des scorpions, et ses treillis de baguettes dorées qui bouchaient en haut ses ouvertures, il semblait aux soldats, dans son opulence farouche, aussi solennel et impénétrable que le visage d'Hamilcar.

Le Conseil leur avait désigné sa maison pour y tenir ce festin [...] On voyait entre les arbres courir les esclaves des cuisines, effarés et à demi nus ; les gazelles sur les pelouses s'enfuyaient en bêlant ; le soleil se couchait, et le parfum des citronniers rendait encore plus lourde l'exhalaison de cette foule en sueur.

Gustave Flaubert, *Salammbô*, 1862.

Textes et images

3

Textes et images

Textes et images

Textes et images

Textes et images

❖ Étude des textes

Savoir lire

1. Quel est le rapport du poète au paysage qu'il décrit dans « Parfum exotique » ? Commentez en particulier le début : « Quand les deux yeux fermés ».
2. Qui fait la description dans l'extrait du roman de Flaubert ? Vous paraît-elle précise et abondante ou allusive ?
3. Comment différencieriez-vous l'approche imaginaire du poète et la posture réaliste du romancier ? Prenez des exemples pour étayer votre réponse.
4. En quoi peut-on dire que ces deux textes créent une forme de sensualité ?

Savoir faire

5. Écrivez un poème qui se fonde sur un rejet du réel et une aspiration à l'idéal et au bonheur.
6. Proposez une description qui mélange réalisme et précision d'un côté et mythologie et imaginaire de l'autre.
7. Cherchez dans les *Fleurs du mal* d'autres poèmes qui utilisent l'imaginaire exotique ou oriental.
8. Qui fut Flaubert ? Documentez-vous sur ce grand romancier auteur de *Madame Bovary*.

❖ Étude des images

Savoir analyser

1. De quel sexe sont la plupart des personnages représentés sur ces tableaux orientalistes ?
2. À quelle figure centrale des *Mille et Une Nuits* pouvez-vous comparer ces mêmes personnages ?
3. Quelle atmosphère se dégage des tableaux de Renoir, Ingres et Guardi ?
4. De quel grand thème des *Mille et Une Nuits* peut-on rapprocher la violence du tableau de Delacroix ?

Textes et images

Savoir faire

5. Qui fut Sardanapale ? Faites une recherche sur cette figure et comparez-la à un certain personnage des *Mille et Une Nuits*.
6. Comment définir le travail des couleurs dans ces tableaux ? Faites un lien entre orientalisme pictural et traitement des couleurs.
7. Allez au musée du Louvre, au musée d'Orsay ou bien cherchez leur catalogue sur Internet et proposez un commentaire sur une toile orientaliste qui vous séduit.
8. Cherchez les points communs et les différences entre le réalisme en littérature et le réalisme en peinture. Donnez des exemples.

✢ L'Orient et l'image de l'Autre

L'Orient fut un thème prisé par tous ceux qui voulurent décentrer le regard des Occidentaux, critiquer les institutions, les abus de pouvoir ou les mœurs vicieuses. Il s'agissait de détourner les coups de la censure, mais aussi d'intéresser les lecteurs à la diversité des cultures, donc de leur faire prendre conscience de la relativité de leurs normes.

Documents :

❶ Premier frontispice de l'édition Bourdin des *Mille et Une Nuits* de 1839.

❷ Photographie d'une mise en scène des *Indes galantes* de Jean-Philippe Rameau, par Andrei Serban, 1999.

❸ Lithographie des *Mille et Une Nuits*, 1840.

❹ *Lettres persanes*, Montesquieu. Lettre de Zachi à Usbek.

❺ *Candide*, Voltaire, chapitre XXX.

Textes et images

PUBLIÉ PAR ERNEST BOURDIN

Textes et images

Pour approfondir

Textes et images

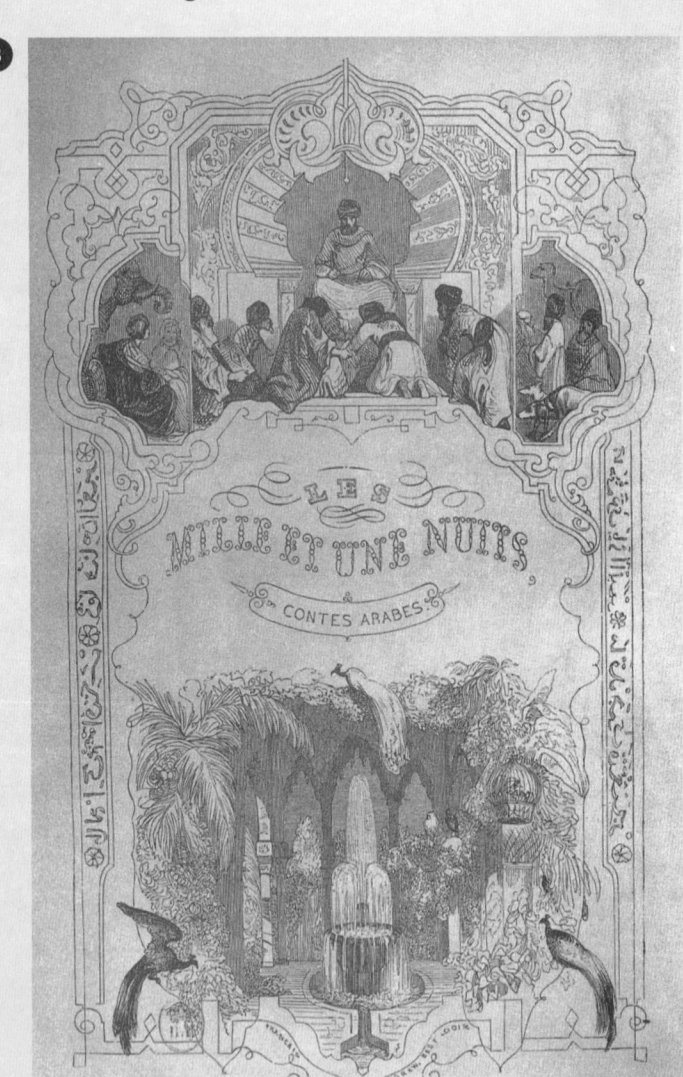

Textes et images

4 *Dans cette lettre, Zachi, une des femmes du harem d'Usbek, s'adresse à son époux parti pour l'Europe, qui a délaissé toutes ses épouses.*

Nous avons ordonné au chef des eunuques de nous mener à la campagne ; il te dira qu'aucun accident ne nous est arrivé. Quand il fallut traverser la rivière et quitter nos litières, nous nous mîmes, selon la coutume, dans des boîtes : deux esclaves nous portèrent sur leurs épaules, et nous échappâmes à tous les regards.

Comment aurais-je pu vivre, cher Usbek, dans ton sérail d'Ispahan, dans ces lieux qui, me rappelant sans cesse mes plaisirs passés, irritaient tous les jours mes désirs avec une nouvelle violence ? J'errais d'appartements en appartements, te cherchant toujours, et ne te trouvant jamais ; mais rencontrant partout un cruel souvenir de ma félicité passée. Tantôt je me voyais en ce lieu où, pour la première fois de ma vie, je te reçus dans mes bras ; tantôt, dans celui où tu décidas cette fameuse querelle entre tes femmes. Chacune de nous se prétendait supérieure aux autres en beauté. Nous nous présentâmes devant toi après avoir épuisé tout ce que l'imagination peut fournir de parures et d'ornements. Tu vis avec plaisir les miracles de notre art ; tu admirais jusques où nous avait emportées l'ardeur de te plaire. [...]

Tu nous quittes, Usbek, pour aller errer dans des climats barbares. Quoi ! Tu comptes pour rien l'avantage d'être aimé ? Hélas ! tu ne sais même pas ce que tu perds ! Je pousse des soupirs qui ne sont point entendus ; mes larmes coulent, et tu n'en jouis pas ; il semble que l'amour respire dans le sérail, et ton insensibilité t'en éloigne sans cesse ! Ah ! mon cher Usbek, si tu savais être heureux.

Montesquieu, *Lettres persanes*, 1721.

Textes et images

5 Pendant cette conversation, la nouvelle s'était répandue qu'on venait d'étrangler à Constantinople deux vizirs du banc et le muphti, et qu'on avait empalé plusieurs de leurs amis. Cette catastrophe faisait partout un grand bruit pendant quelques heures. Pangloss, Candide et Martin, en retournant à la petite métairie, rencontrèrent un bon vieillard qui prenait le frais à sa porte sous un berceau d'orangers. Pangloss, qui était aussi curieux que raisonneur, lui demanda comment se nommait le muphti qu'on venait d'étrangler. « Je n'en sais rien, répondit le bonhomme, et je n'ai jamais su le nom d'aucun muphti ni d'aucun vizir. J'ignore absolument l'aventure dont vous me parlez ; je présume qu'en général ceux qui se mêlent des affaires publiques périssent quelquefois misérablement, et qu'ils le méritent ; mais je ne m'informe jamais de ce qu'on fait à Constantinople ; je me contente d'y envoyer vendre des fruits du jardin que je cultive. » Ayant dit ces mots, il fit entrer les étrangers dans sa maison : ses deux filles et ses deux fils leur présentèrent plusieurs sortes de sorbets qu'ils faisaient eux-mêmes, du kaïmac piqué d'écorces de cédrat confit, des oranges, des citrons, des limons, des ananas, des pistaches, du café de Moka qui n'était point mêlé avec le mauvais café de Batavia et des îles. Après quoi les deux filles de ce bon musulman parfumèrent les barbes de Candide, de Pangloss et de Martin.

« Vous devez avoir, dit Candide au Turc, une vaste et magnifique terre ? – Je n'ai que vingt arpents, répondit le Turc ; je les cultive avec mes enfants ; le travail éloigne de nous trois grands maux : l'ennui, le vice et le besoin. »

Voltaire, Candide, chapitre XXX : Conclusion, 1759.

Textes et images

✢ Étude des textes

Savoir lire

1. De quelles nationalités sont les étrangers des textes de Montesquieu et de Voltaire ?
2. Quelles valeurs incarne le Persan pour Montesquieu ?
3. Que représente l'Oriental dans la conclusion du conte de Voltaire ?
4. Montrez en quoi les deux textes jouent du mythe oriental.

Savoir faire

5. Écrivez une lettre sur le modèle de Montesquieu dans laquelle une des femmes d'un harem envoie une lettre à son sultan. Est-elle jalouse des autres femmes ? Est-elle la favorite ?
6. Proposez un petit exposé sur la thématique du jardin, héritée du jardin d'Éden, du Paradis. Que pensez-vous de son traitement par Voltaire ?
7. À quoi sert l'œil neuf dans un récit, l'étranger, l'Oriental ? Pensez aux fonctions de l'étranger en proposant des exemples dans des livres, des films, des tableaux.

✢ Étude des images

Savoir analyser

1. Dans les trois images qui vous sont proposées, y a-t-il des constantes dans la représentation de l'Oriental ?
2. Décrivez certains dessins du frontispice. Que symbolisent-ils ?
3. Comment la mise en scène de l'opéra de Rameau propose-t-elle de voir l'Oriental ?

Savoir faire

4. Pourquoi utiliser la figure de l'étranger dans la peinture ou dans le dessin ? En quoi cela permet-il d'essayer de nouvelles techniques de représentation, de se servir de nouvelles couleurs ?
5. Écoutez un morceau de l'opéra de Rameau. Quels airs et quels personnages représentent l'étranger ou bien l'Oriental ?
6. Pourquoi le siècle des Lumières s'est-il intéressé à la figure de l'étranger ? Proposez un bref exposé sur la place de l'Autre dans la culture des Lumières.

Langue et langages

Exercice 1 : Baudelaire, « Parfum exotique », page 166.

Pour approfondir

1. Cherchez dans un dictionnaire la signification de « tamarinier ».

2. Qu'est-ce qu'un « marinier » ?

3. Que veut dire le mot « franchise » ? Expliquez ce que veut dire Baudelaire au sujet des femmes.

4. Qu'est-ce que le « mât » d'un bateau ?

5. Pourquoi le mot « sein » est-il au singulier ? Expliquez la différence de signification avec le pluriel.

6. Que connotent les adjectifs « mince et vigoureux » ? Donnez des synonymes pour décrire ces hommes.

7. Que veut dire le poète lorsqu'il écrit que les « voiles et les mâts » sont « Encor tout fatigués par la vague marine » ? Expliquez dans vos propres termes.

8. Quelle image l'adjectif « fatigués » introduit-il ?

9. Comment s'appelle ce genre de poème ?

10. Quelle est la fonction grammaticale du substantif « odeur » ?

11. Analysez la phrase : « Je vois se dérouler des rivages heureux ». Quelle est la proposition principale et de quelle nature est la proposition subordonnée ?

12. Quelle est la nature de « paresseuse », « singuliers » et « savoureux » ?

13. Quel est le sujet du verbe « circule » au vers 13 ?

14. Quelle est la fonction grammaticale du groupe « dans mon âme » à la fin du deuxième tercet ?

15. Relevez un participe passé.

Langue et langages

16. À quel temps et de quel mode sont les verbes de ce poème ? Qu'est-ce que cela dit des pouvoirs de l'imagination ?

17. Si l'on reconstitue la phrase : « Une île paresseuse où la nature donne [...] des hommes dont le corps est mince et vigoureux », combien a-t-on de propositions subordonnées et quelle est leur nature ?

18. Quelles sont les fonctions grammaticales de l'adverbe « où » et du pronom relatif « dont » ?

19. Écriture : rédigez un poème sur le modèle du sonnet qui évoquerait la puissance de l'imagination pour faire revenir un souvenir comme présent. Choisissez un souvenir lié à un sentiment de bonheur, que chaque lecteur pourra comprendre et ressentir.

Petite méthode

L'étude d'un poème requiert une analyse précise de la syntaxe, du vocabulaire, de la grammaire, car dans la poésie chaque mot compte, et sa place comme sa fonction font signifier le poème. On doit être très attentif à la langue, à la forme. Le présent de l'indicatif exprime la force du souvenir évoqué, le vocabulaire invite au voyage, à l'exotisme, tout nous fait entendre une ouverture au désir et à l'imagination. Car, en plus de signifier par lui-même, le poème invite toujours le lecteur à réfléchir à la nature complexe du langage poétique.

Pour approfondir

Langue et langages

Exercice 2 : lignes I à VII – lignes 1 à 20, pages 18-19.

1. Qui est la sultane ? Pourquoi Dinarzade la désigne-t-elle par ce titre ?

2. Donnez un synonyme pour l'expression « de grâce » (ligne V).

3. Que veut dire « consentir » (ligne VI) ? Quels autres mots sont dérivés de la même racine ?

4. À quel registre de langue appartient aujourd'hui l'expression « de grand matin » (ligne 4) ?

5. Pourquoi de nombreuses expressions et certains mots de ce texte sont-ils difficiles à comprendre pour un lecteur moderne ? En quel type de français ce texte est-il écrit ?

6. Que veut dire « se déshabiller » (ligne 7) ? Est-ce que le pêcheur se retrouve nu ?

7. Que veut dire « chagrin » au XVIIIe siècle (ligne 11) ? Allez à la bibliothèque consulter un dictionnaire du français classique.

8. Donnez un synonyme moderne de l'expression « en cet endroit » (ligne 12).

9. Que désigne l'expression « ce cruel ordre » (ligne 20) ? Quelle figure de langage a-t-on ici ?

10. Quelle est la nature et la fonction de la proposition subordonnée « que j'ai racontés jusqu'ici » (ligne II) ? Donnez aussi la nature et la fonction du mot subordonnant.

11. Quelles sont les fonctions des groupes de mots « tous les jours » et « chaque jour » aux lignes 3 et 4 ?

12. Quelle idée ou quelle notion exprime la subordination « quelque beaux que soient les contes » ? Trouvez une manière équivalente d'exprimer la même idée sous une autre forme.

Langue et langages

13. Quelle est la nature de « mais » ? Citez d'autres mots de même nature.

14. Analysez la phrase ainsi reconstituée : « Schéhérazade cessa de parler parce qu'elle vit paraître le jour. » Quelle est la proposition principale ? Quelles sont la fonction et la nature de la subordonnée ?

15. Comment s'appelle le procédé grammatical qui relie deux groupes de mots ou deux phrases par la conjonction de coordination « et » ?

16. Écriture : rédigez le début d'un conte qui donnerait envie à votre lecteur de lire la suite. Vous pouvez vous servir du même procédé de « récit dans le récit », d'enchâssement que dans *Les Mille et Une Nuits*.

Petite méthode

Le début d'un texte s'appelle un *incipit*. C'est un moment essentiel où l'on nous présente les personnages et toutes les informations nécessaires à la compréhension de l'histoire. Mais, surtout, ce début doit intéresser le lecteur pour qu'il lise la suite du texte. On voit que, dans *Les Mille et Une Nuits*, le procédé utilisé par Schéhérazade met justement en scène cette fonction divertissante du conte, puisque le sultan Schahriar, qui représente l'auditeur du conte, repousse toujours la sentence de mort afin d'entendre la suite de l'histoire.

Langue et langages

Exercice 3 : Flaubert, extrait de *Salammbô*, page 167.

1. Que sont des « sycomores » ? Où en trouve-t-on ?
2. À quelle famille de végétaux appartiennent les grenades ? De quelle couleur sont-elles ?
3. Quelle est la particularité de la fleur de lis ? Quelle autre orthographe trouve-t-on pour ce mot ?
4. D'où provient le corail et quelle est sa couleur ?
5. Que veut dire un « obélisque » ?
6. Quelle est la signification de « numidique » ?
7. De quelle couleur est le bois d'ébène ?
8. Qu'est-ce que la « proue » d'un navire ?
9. Quel type de bateau est une « galère » ?
10. Expliquez ce que sont les « treillis de baguettes dorées ».
11. Trouvez une expression synonymique pour « opulence farouche ».
12. Que veut-on dire quand on décrit un visage comme « impénétrable » ?
13. Définissez « effarés » et trouvez des mots de la même famille.
14. Que signifie « exhalaison » ?
15. Quelles sont les fonctions des mots dans la phrase « Des figuiers entouraient les cuisines », au début du texte ?
16. Quelle est la fonction du substantif « cotonniers » ?
17. Relevez quelques adjectifs qualificatifs dans ce texte.
18. À quel temps verbal s'écrit cette description de paysage ?
19. Quels sont les deux mots auxquels se rapportent les adjectifs « solennel et impénétrable » ?

Langue et langages

20. Analysez la fonction des mots dans la phrase : « Le Conseil leur avait désigné sa maison ».

21. Dans la phrase « On voyait entre les arbres courir les esclaves des cuisines », quelle est la proposition principale et quelle est la subordonnée ? De quelle nature est la proposition subordonnée ?

22. Écriture : rédigez une description d'un palais où se tiendrait un festin. Utilisez le même imaginaire exotique que Gustave Flaubert. Essayez de traduire une atmosphère mystérieuse et empreinte de mythologie.

Petite méthode

Une description romanesque s'écrit le plus souvent à l'imparfait, qui est le temps du récit et de la durée. On doit en analyser les détails pour l'interpréter. La description possède ici une dimension pittoresque, c'est-à-dire qu'elle dépeint les paysages orientaux avec le plus de précision possible. À ce réalisme, Flaubert mêle un imaginaire mythologique et infernal qui fascine le lecteur et doit le plonger dans un univers digne d'admiration et provoquant l'intérêt pour ce qui est empreint de mystère et de grandeur.

Outils de lecture

Allégorie : figure littéraire qui fait correspondre une histoire ou une représentation à une signification. Toute une histoire peut être allégorique, alors que le symbole ne concerne qu'une chose ou un personnage. Les aventures de Sindbad allégorisent la destinée humaine.

Conte : genre littéraire traditionnel et populaire, le conte propose l'aventure d'un héros qui subit un malheur et va devoir s'en sortir. La fin du conte est toujours positive, et le héros retrouve le bonheur, contrairement à la nouvelle ou au roman qui peuvent mal finir.

Description : moment d'un récit où la narration fait une pause pour s'attarder sur une chose ou un être.

Ésotérique : savoir que l'on n'enseigne qu'à des initiés.

Fable : genre littéraire porté aux nues par Jean de La Fontaine, fondé sur le symbolisme des personnages ou animaux qui doit renvoyer à une morale humaine.

Genre littéraire : la fable, le conte, la nouvelle, le roman sont des genres littéraires qui impliquent un certain classement à l'intérieur de la littérature et certaines attentes des lecteurs. Tout le génie d'un auteur est alors d'en interroger les frontières pour surprendre et faire réfléchir.

Merveilleux : registre littéraire qui fait appel à l'irréel, à l'imaginaire, pour pousser les frontières de la vraisemblance. Il ne s'agit pas d'y croire, mais de réfléchir à ce que peut nous apporter un regard différent sur le réel.

Mise en abyme : terme forgé par l'écrivain André Gide qui désigne un procédé de réduplication de l'image dans l'image et qui provoque ici des effets d'emboîtement des récits entre eux.

Mythe : histoire que des générations se transmettent, sans qu'on puisse déterminer à son sujet un auteur unique. Il s'agit d'un ensemble de symboles, d'allégories et de morales dans lequel chaque artiste peut puiser pour le réinventer. L'étude ou science des mythes est la mythologie.

Narrataire : celui à qui est destinée l'histoire et qui peut

Outils de lecture

être ici Schahriar ou bien encore un lecteur.

Narrateur : celui qui raconte l'histoire. Il peut s'agir d'un narrateur interne ou externe, c'est-à-dire un narrateur qui fasse partie de l'histoire comme Schéhérazade ou qui soit extérieur au récit.

Orientalisme : c'est une façon pour les arts de puiser dans un imaginaire, une mythologie qui représentent l'Orient. On ne fait pas appel à l'Orient réel, mais à une certaine vision, à un certain symbolisme de l'Orient.

Pittoresque : qui frappe par son caractère original, qui a l'air réel.

Poétique : ensemble des règles qui régissent l'écriture d'un genre littéraire. On parlera de poétique du conte si l'on veut désigner les règles d'écriture de ce genre.

Récit-cadre : dans une série d'histoires enchâssées, le récit-cadre est celui qui amène tous les autres. Dans *Les Mille et Une Nuits*, le récit-cadre est celui de Schéhérazade qui tente d'échapper à Schahriar.

Récit de voyage : genre très prisé au siècle des Lumières. Il s'agissait de raconter un voyage réel ou imaginaire.

Récit enchâssé : récit qui s'introduit à l'intérieur d'un récit premier, le récit-cadre. Dans *Les Mille et Une Nuits*, tous les récits sont enchâssés dans la mesure où c'est Schéhérazade qui les raconte.

Substantif : terme grammatical qui désigne un nom.

Symbolisme : système d'interprétation qui fait correspondre un symbole, un signe, à une signification. On dit que le lion est le symbole de la force ou du pouvoir.

Utopie : récit qui utilise un lieu imaginaire ou du futur pour penser le réel et l'actualité.

Bibliographie et filmographie

Éditions de l'œuvre

Les Mille et Une Nuits, Antoine Galland, Classiques Garnier, Paris, 1988.

Les Mille et une nuits, Joseph Charles Mardrus, Robert Laffont, coll. « Bouquins », Paris, 1999.

Les Mille et Une Nuits, André Miquel et Jamel Édinne Bencheikh, Gallimard, coll. « Folio classique », Paris, 2001.

Les Mille et Une Nuits, André Miquel et Jamel Édinne Bencheikh, Gallimard, coll. « Bibliothèque de la Pléiade », Paris, 2005.

Études

Les Mille et Une Nuits, Jamel Édinne Bencheikh, Encyclopaedia Universalis, t. 11, pp. 29-30, Paris, 1971.

Les Mille et Une Nuits ou la parole prisonnière, Jamel Édinne Bencheikh, Gallimard, Paris, 1988.

Psychanalyse des contes de fées, Bruno Bettelheim, Robert Laffont, Paris, 1976.

Les Sept Portes des Mille et Une Nuits, Édouard Brasey, éd. du Chêne, Paris, 2003.

La Féminisation du monde, essai sur Les Mille et Une Nuits, Chebel Malek, Payot et Rivages, 1996.

Saveurs des Mille et Une Nuits, Odile Godard, éd. du Chêne, Paris, 1993.

Les Traductions françaises des Mille et Une Nuits, Sylvette Larzul, L'Harmattan, Paris, 1996.

Bibliographie et filmographie

Les Mille et Une Nuits d'Antoine Galland, Georges May, PUF, Paris, 1986.

Sept Contes des Mille et Une Nuits, ou il n'y a pas de contes innocents, André Miquel, Sindbad, Paris, 1981.

Mille et Un Contes de la nuit, André Miquel, Claude Brémond et Jamel Édinne Bencheik, Gallimard, Paris, 1991.

Le Secret des Mille et Une Nuits, Edgar Weber, Éché, 1987.

Filmographie

Les Mille et Une Nuits, Pier Paolo Pasolini, 1974.

D'autres œuvres sur le même thème

Les Fleurs du mal, Charles Baudelaire, Gallimard, Paris, 1972.

Salammbô, Gustave Flaubert, Gallimard, Folio, Paris, 1970.

Les Orientales, Victor Hugo, Gallimard, Paris, 1985.

Lettres persanes, Montesquieu, Garnier, Paris, 1975.

Le Voyage en Orient, Gérard de Nerval, GF, Paris, 1986.

Histoire d'une Grecque moderne, Abbé Prévost, GF, Paris, 1990.

À la recherche du temps perdu, Albertine disparue, Marcel Proust, Le Livre de Poche, Paris, 1992.

Contes orientaux, Marguerite Yourcenar, Gallimard, coll. « L'Imaginaire », Paris, 1988.

Le Fanatisme ou Mahomet le prophète, Voltaire, GF, Paris, 2004.

Zadig, Voltaire, Larousse, coll. « Petits Classiques », Paris, 2006.

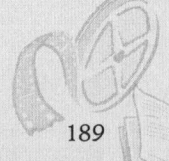

Crédits photographiques

Couverture	**Dessin Alain Boyer**
7	repris page 176 : Ph. Coll. Archives Larousse
16	Ph. Coll. Archives Larousse
168	National Gallery of Art, Washington © AKG
169	Musée du Louvre, Paris – Ph. Hubert Josse © Archives Larbor
170	Musée du Louvre, Paris – Ph. Josse © Archives Larbor
171	Collection Thyssen-Bornemisza, Madrid © Archives Larbor
174	© Bibliothèque nationale de France, Paris
175	© Marion Kalter / AKG

Direction de la collection : Yves GARNIER et Line KAROUBI
Direction éditoriale : Line KAROUBI
Édition : Marie-Hélène CHRISTENSEN
Lecture-correction : service lecture-correction LAROUSSE
Recherche iconographique : Valérie PERRIN, Agnès CALVO
Direction artistique : Uli MEINDL
Couverture et maquette intérieure : Serge CORTESI, Sylvie SÉNÉCHAL, Uli MEINDL
Responsable de fabrication : Marlène DELBEKEN

Photocomposition : CGI
Impression : Liberdúplex en Espagne
Dépôt légal : Juillet 2007
N° Projet : 11004803 – Juillet 2007